L'HEURE DU ROI

Le domaine russe
aux éditions Viviane Hamy

Gaïto Gazdanov
Chemins nocturnes
Éveils
Le Retour du Bouddha

Nadejda Dourova
Cavalière du tsar

Du même auteur
chez un autre éditeur

Le Contre-temps

BORIS KHAZANOV

L'HEURE DU ROI

Traduit du russe et postfacé
par Elena Balzamo

*Ouvrage traduit et publié avec le concours
du Centre national du livre*

VIVIANE HAMY

Titre original : *Tschass korolya*
Publié pour la première fois dans le recueil :
Boris Chasanow. Sapach swjosd, Tel-Aviv, 1977
Titre allemand : *Die Königsstunde*
© 1990 Deutsche Verlags-Anstalt GmbH, Stuttgart. All rights reserved
© Éditions Viviane Hamy, 2005, pour la traduction française
Conception graphique de la couverture : Pierre Dusser
© Photo : Lawrence Manning, Corbis
ISBN 2-87858-203-9

« Je n'ignore pas que, sans moi, Dieu ne pourrait vivre un seul instant ; si je ne suis plus, lui aussi devrait rendre l'âme. »

Angelus Silesius (Johannes Scheffler),
Le Chérubin-pèlerin, 1657

« Grâce à notre Seigneur si perspicace, on ne peut plus vivre avec une conscience tranquille. La foi ne se réconciliera point avec la raison. Le monde doit être tel que le veut Don Quichotte, les auberges doivent se transformer en châteaux. Don Quichotte lancera son défi au monde entier et, de toute évidence, il sera battu ; néanmoins, il restera vainqueur, même en s'exposant au ridicule. En riant de lui-même, il vaincra…

Quelle est donc cette nouvelle mission de Don Quichotte dans le monde moderne ? Son lot est de crier, crier dans le désert. Et le désert l'entendra, même si les hommes ne l'écoutent pas ; un jour, le désert se mettra à parler, comme une forêt : pareille à un grain semé, la voix solitaire deviendra un chêne titanesque, et mille langues chanteront la gloire éternelle du Maître de la vie et de la mort. »

Miguel de Unamuno,
Le Sentiment tragique de la vie, 1913

« C'est que vous admettiez assez l'injustice de notre condition pour vous résoudre à y ajouter, tandis qu'il m'apparaissait au contraire que l'homme devait affirmer la justice pour lutter contre l'injustice éternelle, créer du bonheur pour protester contre l'univers du malheur. Parce que vous avez fait de votre désespoir une ivresse, parce que vous vous êtes délivré en l'érigeant en principe, vous avez accepté de détruire les œuvres de l'homme et de lutter contre lui pour achever sa misère existentielle. Et moi, refusant d'admettre ce désespoir et ce monde torturé, je voudrais seulement que les hommes retrouvent leur solidarité pour entrer en lutte contre le destin révoltant… Je continue à croire que ce monde n'a pas de sens supérieur. Mais je sais que quelque chose en lui a du sens et c'est l'homme, parce qu'il est le seul être à exiger d'en avoir. Ce monde a du moins la vérité de l'homme et notre tâche est de lui donner des raisons contre le destin lui-même. »

Albert Camus, *Lettres à un ami allemand*
(quatrième lettre, juillet 1944)

1

Depuis l'époque de Numa Pompilius, la coutume de prévenir l'ennemi avant de l'attaquer paraissait tellement aller de soi que nul n'a jamais songé combien il serait plus simple et plus commode de s'approcher par-derrière, à pas de loup, et, sans interpeller la victime, de se jeter sur elle et de la saisir par la gorge. Une telle stratégie ne pouvait naître que dans un pays sortant de la tempête purificatrice de la révolution national-socialiste. Cependant, à l'époque où le chancelier et Führer de la nation allemande signa l'ordre d'investir le minuscule pays dont il sera question dans ce récit, ledit pays n'était plus que la huitième ou la neuvième acquisition du Reich, et la stratégie du silencieux Blitzkrieg avait déjà perdu de sa nouveauté.

Comme lors des campagnes précédentes, l'invasion se déroula sans surprise pour le commandement, en stricte conformité avec le plan. Il serait inutile de décrire l'opération tout entière ; contentons-nous de résumer les étapes de l'offensive principale. Vers cinq heures du matin, une colonne de motards apparut sur la voie menant au poste frontière. Ils roulaient en première, quatre par quatre, les mains collées au guidon, suivis d'énormes véhicules blindés toni-truants, qui avançaient en creusant des trous dans la chaussée ; derrière eux, une limousine transportait le guerrier en chef, alors que les officiers de l'état-major fermaient la marche, doucement brinquebalés dans leurs voitures. Cela surgissait du brouillard comme engendré par le néant. Le poste frontière : deux poteaux reliés par une barre transversale. À côté de la route se dressait une maisonnette en brique à un étage. Lorsque le premier quatuor, dont les casques gris-vert évoquaient des pots de chambre renversés, eut atteint le passage à niveau, le garde-frontière en costume d'opérette, debout à côté de la manivelle, n'eut aucune réaction : majestueux, une hallebarde à la main, svelte et immobile comme sur une carte postale, il fixait l'horizon d'un regard exalté et limpide. Un sous-officier dut descendre pour actionner lui-même la manivelle. La barrière colorée remonta avec un grincement mais, à mi-chemin, se coinça, et le sous-officier, éructant, jurant, secoua la poi-gnée de la machine rouillée dans tous les sens. Un retard menaçait de compromettre le dérou-lement impeccable de l'opération minutée avec précision.

Un adolescent de dix-huit ans, chef du poste frontière, apparut sur le seuil de la maison en brique ; il bâillait voluptueusement, frissonnant dans la fraîcheur matinale. La brume enveloppait les collines ; dans les branches emperlées de rosée des taillis bleuâtres, les oiseaux commençaient à peine à se réveiller. Le blaireau sortait de sa tanière, les yeux exorbités, pleins de sommeil. Le chef adolescent dévisagea l'armée d'un air maussade, en se demandant si ce n'était pas un rêve, puis, avec le flegme de celui qu'on a tiré de son lit, défit lentement son étui.

Il resta étendu devant la maison ; la casquette surmontée d'un monogramme traînait par terre, le vent jouait dans sa chevelure dorée. Un coup de pied entre les jambes ramena à la raison le garde-frontière, qui se tenait toujours, cloué sur place, à côté du passage à niveau, alors qu'un coup de crosse faisait voler son arme postiche. Pendant ce temps, un soldat coiffé d'un pot de chambre vert grimpait sur le toit et arrachait du mât l'étendard du pays, ce qui lui vaudrait une décoration. Et tout l'espace fut couvert de poussière et de fracas.

Des choses identiques se passèrent en d'autres endroits, et en moins d'un quart d'heure la frontière était franchie. Les parachutistes — gaillards aux manches retroussées, armés de couteaux et de fusils automatiques — investirent les points que le commandement se plaisait à définir comme « stratégiques ». Simultanément avait lieu un débarquement naval. Lorsque les bâtiments de la marine marchande du royaume, qui comptait soixante-cinq navires dispersés de par le monde, furent informés de ces événements, ils refusèrent de regagner leur port, mais des navires spéciaux les attendaient dans les eaux territoriales et à la sortie des détroits. Ce fut rapide, précis et implacable. L'objectif fixé par le chef suprême au commandement et par le commandement à l'armée fut atteint en un délai minimum ; il en avait toujours été ainsi et il en fut encore ainsi cette fois-là. Au quartier général, les téléphones sonnaient sans trêve, les visières vernies des stratèges se penchaient sur les cartes, le télégraphe tambourinait des dépêches chiffrées. Ce mécanisme trop lourd et trop sophistiqué, ces généraux qui percevaient des salaires trop élevés, cette science militaire qui guidait chacun de leurs pas constituaient un ensemble trop sérieux, trop important et trop noble pour qu'on pût sans manières ni secrets, sans pompe macabre ni plan minutieux, étayé par une documentation surabondante, tordre le cou à un pays désarmé et impuissant. Par ailleurs, mus par leur romantisme atavique, les conquérants éprouvaient un besoin presque inconscient de présenter comme un exploit héroïque ce qui n'offrait guère plus de danger qu'une promenade à la campagne. Une masse bruyante, tonnante, drapée dans un nuage de poussière avançait le long des trois axes menant à la capitale, et les bourgades décorées de leurs églises aux clochers sonnant le tocsin surgissaient de derrière les collines, dans la pâle lumière du soleil d'avril. Le pays, confit dans son histoire fantomatique de conte de fées, n'était guère plus vaste qu'un bec de moineau :

« *Lächerliches Ländchen* », selon la formule du Führer allemand. Les escarmouches insignifiantes qui avaient, par endroits, obscurci cette matinée ne pouvaient pas plus empêcher l'invasion qu'une fronde d'enfant n'est capable d'arrêter un éléphant. En trois heures, la campagne fut achevée, et les bombardiers qui survolaient le royaume n'avaient pas épuisé leurs réserves de combustible.

2

Telle fut la situation que dut affronter le gouvernement en ce jour fatidique, mais étonnamment doux et ensoleillé. Au-dessus des toits étincelants, la brume matinale avait du mal à se
dissiper. Les aiguilles ciselées des deux horloges
à l'éclat mat de la tour Saint-Cédric indiquaient
huit heures, lorsque — on l'apprit plus tard —
l'ambassadeur du Reich présenta un mémorandum au gouvernement. Le document expliquait en substance que, soucieux de préserver la
paix en Europe, l'Empire avait estimé nécessaire
de protéger le pays en question de l'agression
des alliés occidentaux ; si le gouvernement ne
partageait pas cette analyse, tant pis pour lui :
l'État concerné serait effacé de la carte en
l'espace de dix minutes. Il allait de soi que la
référence à l'agression des alliés occidentaux
aurait pu être remplacée par n'importe quelle
autre formule, et même par son contraire : le
texte n'avait rien à voir avec le fond de l'affaire,
le document lui-même n'étant que le tribut
rendu aux usages dont les autorités du Reich se

souvenaient de temps en temps et d'une façon parfaitement imprévisible ; pourtant, ce papier avait été jugé nécessaire, ne serait-ce que parce qu'il existait un ambassadeur chargé de le remettre et, après tout, un gouvernement auquel le mémorandum — une sorte de convocation — était adressé.

À l'honneur du gouvernement du royaume, il faut dire qu'il fit preuve de prudence. Il gardait le souvenir du voisin qui avait payé cher sa tentative de résistance, et dont on préférait ne pas parler. Les troupes — le pays disposait de quatre divisions — reçurent l'ordre, légèrement tardif, de ne pas résister ; et les quelques rares incidents que nous avons signalés demeurèrent sans conséquence. Le gouvernement avait officiellement rejeté toute responsabilité dans de tels actes.

On n'avait guère besoin d'être un génie pour deviner que ce qui allait arriver défiait la compréhension humaine par son caractère absurde, sourd aux arguments ; mais comment savoir si cet ordre, supérieur et nouveau, dans son désir d'hégémonie n'était pas légitime : trop souvent les hommes prennent pour de la violence ce qui n'est qu'une loi. L'occupation, telle une nuée, menaçait certes le pays, mais il serait plus exact de dire qu'elle se réalisait indépendamment de lui : ses objectifs apparaissaient à la fois clairs et insondables. Impossible de la comparer à un ouragan : les motards qui brûlaient le pavé des villes n'étaient que les hérauts de ce qui, sans voler, courir ou se déchaîner, s'approchait d'un pas lent et terrible. Le nouvel ordre apportait une nouvelle philosophie de la vie, une vision et une écoute nouvelles. Le nouvel ordre se déployait comme un tapis.

À huit heures, la ville — nous parlons, bien entendu, de la capitale — semblait dormir : les rues paraissaient désertes ; seuls les policiers, le bâton levé, se dressaient sur leur socle au milieu des places vides et luisantes ; leurs postures suggéraient les hiératiques bas-reliefs égyptiens ou une torpeur catatonique. Devant eux, reflétées dans les vitrines des boutiques encore fermées, devant les fenêtres aux volets clos, devant les parterres de fleurs soigneusement sarclés, devant les monuments des rois et des navigateurs, des files de motos passaient à grande vitesse vers une destination inconnue.

Pareille à une flaque d'eau qui attire et absorbe une simple goutte, l'occupation se mit en place presque instantanément, avec la facilité d'une loi naturelle. Ce qui explique peut-être que la ville ne connut guère la panique. Au début, les habitants restèrent chez eux ; la plupart des administrations chômèrent, et les épiceries ouvrirent tardivement leurs portes. L'essentiel avait eu lieu pendant que la ville dormait, et les habitants, surpris, s'accommodaient du nouvel état de choses comme un malade qui revient à lui après une anesthésie et qui apprend qu'on l'a déjà opéré et qu'il ne lui reste plus qu'à s'habituer à vivre sans ses jambes. Cependant, respectueux de l'autorité, les citadins éprouvaient une confiance instinctive à l'égard de ce nouveau pouvoir. Un certain laps de temps sera nécessaire avant que l'idée qu'un ordre puisse n'être que le masque du crime se fraie un chemin dans leurs braves têtes à l'esprit étroit. Bien sûr, les mœurs et la philosophie de l'État agresseur n'étaient que trop connues. Cela ne suffisait pourtant pas à les affoler, à leur faire faire la queue pour acheter du savon ou des allumettes, ou à essayer de quitter à tout prix la patrie naufragée.

Non sans raison, d'aucuns se disaient, ainsi qu'à leurs proches, que cette tournure des événements était préférable à celle qui aurait transformé le pays en champ de bataille. Avec un frisson romantique et un secret soulagement, dû au fait qu'il était trop tard pour agir, les propriétaires des hôtels particuliers de l'avenue Saint-André, cachés derrière les rideaux, regardaient l'ost teuton se ranger sur la place du Parlement. Un général, maigre comme un ver, flottant dans sa culotte bouffante, parcourait les rangs d'un pas précipité ; après quoi il ferait probablement son rapport — dans le parler guttural de Frédéric le Grand — à son Führer, qui ressemblait lui aussi à un helminthe, mais en plus replet, et qu'on imaginait survolant la ville dans un gigantesque aéroplane ; selon ce rapport, le calme et la loyauté régnaient dans le pays. La loyauté, fondée sur la confiance à l'égard des gens, d'où qu'ils viennent, constituait le trait distinctif de cette petite nation. Après tout, les Allemands, quoi qu'on en dise, sont un peuple civilisé ; ils ne s'acharneront pas sur un pays traditionnellement peu intéressé par la politique. Bref, derrière les rideaux bien tirés, sous les toits de tuiles pointus qui luisaient sous le pâle soleil matinal, on avait échangé de nombreux arguments, évoqué maintes hypothèses et suppositions et même émis quelques timides espoirs. En prêtant l'oreille au grondement extérieur, chacun tâchait de deviner ce qu'il en serait de sa paisible existence, de sa ville où tous les jours, à l'aube, les ménagères lavent le trottoir à l'eau chaude, chacune devant sa porte, et de cet original desséché qui ressemble à un pasteur, le roi. Le grondement lointain annonçait non pas un effondrement, mais un ordre nouveau, plus parfait probablement — et cela les consolait.

3

« Tram tam-tam ! Tra-la-la ! » Deux fillettes, un nœud de ruban dans les cheveux, le manteau déboutonné, se tenaient par la main et galopaient dans l'ombre fraîche d'une des ruelles étroites menant à l'Île, sans se soucier du silence sinistre qui régnait dans la ville aux toits de tuile étincelants de lumière. Elles couraient, main dans la main, de l'allure libre et hardie connue des enfants de la capitale sous le nom de « pas africain » que le lecteur reconnaîtra sans doute ; leurs nattes sautillaient et frémissaient leurs nœuds de ruban, lorsqu'un bruit strident, semblable à un tir de mitraillette, fusa du côté du boulevard. Elles s'arrêtèrent, échangèrent un regard, pouffèrent et se précipitèrent vers la porte cochère la plus proche, effrayées et exaltées tout à la fois. Là, dressées sur la pointe des pieds, elles collèrent leurs yeux contre le judas.

Le bruit et ce qu'il accompagnait approchaient ; il cessa un instant, et soudain, tout près, un tir assourdissant déchira l'air, tel un hippopotame — nous hasardons cette comparaison extravagante — faisant ses besoins. Un motard gris-vert, les mains sur le guidon, la tête coiffée d'un pot de chambre, des jumelles ballant sur sa poitrine, apparut. L'explosion s'amplifia, un blindé mille-roues surgit et, dans le virage, faillit emporter un morceau de l'immeuble ; à l'intérieur, pareilles à des champignons, des rangées de casques se balançaient. Deux autres véhicules le suivaient, qui obstruèrent la rue entière. Le vrombisse-ment des moteurs plongea les habitants dans une terreur tout à fait inédite. Une automobile blindée, où des messieurs raides et à la casquette retroussée fixaient le pare-brise d'un air terri-blement grave, fermait la marche. Les monocles brillaient. Le regard admiratif des fillettes escorta cette procession fracassante jusqu'à ce qu'elle soit engloutie par la gorge étroite donnant sur l'Île.

« L'Île » était le quartier qu'un canal séparait du reste de la ville. Les jours de semaine, il res-tait désert ; en revanche, le dimanche, le quai et les abords de l'agora grouillaient de curieux venus admirer le défilé. À droite de la place, si on tourne le dos au pont, se dresse la tour, monument historique célèbre qui, depuis trois siècles, joue le rôle de réveille-matin national. À gauche s'ouvre la perspective sur le château.

Lentement, très lentement, mais dans un vacarme infernal, les trois blindés et la voiture des officiers de la Wehrmacht franchirent le pont et traversèrent en diagonale la place déserte. La voiture transportait — on l'apprit par la suite —

le fondé de pouvoir, fraîchement nommé, du commissaire du Reich, porteur de lettres de créance pour l'ex-roi et d'instructions relatives à l'instauration de l'ordre dans le château. Devant le portail, d'ordinaire, des sentinelles vêtues de costumes pittoresques montaient la garde, l'arquebuse sur l'épaule. Or, cette fois-ci, il n'y avait personne. Les lances dorées de la grille luisaient ; les lions ailés, des deux côtés du portail, étaient figés, la patte levée. Derrière la grille, sur la pelouse soigneusement ratissée où l'herbe commençait à peine à pousser, cinquante cavaliers étaient rangés en ordre de combat ; ils constituaient la splendide cohorte, vestige du passé glorieux, fierté de la nation, rêve doré des jeunes filles : la cavalerie d'élite créée quatre cent quarante-six ans auparavant par le fondateur de la dynastie. Le château en toile de fond, elle patientait, immobile sous sa bannière, comme pour le tournage d'un film.

Du temps s'écoula (les Allemands traversaient la place), l'horloge de la tour sonna. Neuf coups. Derrière la grille, un cor de guerre répondit par un signal mélodieux. L'étendard de soie, bleu et vert, fixé sur la lance du premier cavalier se pencha, se déplia, et son blason — selon des sources dignes de créance, on l'avait brodé avec les cheveux d'or de la jeune fille surgie de la mer du Nord pour épouser le roi — chatoya au soleil. Juste avant de sortir du château, les soldats mirent pied à terre. Et la chose se passa.

Un incident ridicule, absurde, digne de ces confins féodaux du monde, subsistant par miracle dans l'arrière-cour de l'Europe ! Ce fut à peu près en ces termes que les journaux étrangers décrivirent en deux lignes l'épisode, qu'on perçut, même à ce moment-là, comme un événement peu vraisemblable. Avant que les soldats eussent atteint la grille, le portail en fer forgé s'ouvrit, et l'escadron, sabres au clair et heaumes rutilants, se rua sur les visiteurs.

La surprise fit reculer les Allemands. La voiture du fondé de pouvoir fit marche arrière. Les envahisseurs furent scandalisés. À huit heures du matin, comme nous l'avons dit, la campagne était considérée comme terminée, d'après le plan en tout cas, et nul n'avait de raisons de douter qu'il ne fût scrupuleusement respecté. Si pour le haut commandement l'opération présentait une certaine importance en raison de la situation géographique du pays et en vertu de considérations d'ordre général, les troupes, jusqu'au dernier soldat, étaient incapables de prendre la chose au sérieux. Le détachement qui avait mission d'investir l'Île ne s'accrochait, en fait d'armes, qu'à des appareils photo. Les officiers gardaient le cigare à la bouche. Selon certaines informations, la charge des chevaliers avait été soutenue, depuis des fenêtres du château, par un feu de mitraillettes. Voire. Comment expliquer, dans ce cas, qu'on n'eût pas rasé la résidence du « vieux pantin », ce roi devenu gâteux ?

De toute évidence, ni le chef de l'État, ni ses ministres n'avaient rien à voir avec cette échauffourée. Claquemuré dans son bureau, le roi tremblait de terreur. Quant au gouvernement, nous avons déjà dit qu'il s'efforçait de montrer l'exemple de la sagesse. Lors du procès, l'ex-ministre de la Défense nationale, le maire de la ville et le maréchal responsable de la garde du palais déclarèrent d'une seule voix n'avoir donné aucun ordre : ils n'avaient rien fait, ils ne pouvaient donc être tenus pour responsables de l'incident. La responsabilité en incombait au commandant de l'escadron, un garçon de vingt-trois ans, au nom à rallonge et difficile à prononcer, descendant d'une famille fort ancienne. Mais le jeune homme gisait sur le pavé, sa magnifique culotte bleue éclaboussée de sang et son heaume fendu, entouré des cadavres de quarante-cinq de ses soldats et de leurs chevaux. La garde tout entière couchait sur la place et était donc dans l'incapacité de se présenter devant le tribunal. Manches retroussées, jurant à mi-voix, les soldats s'emparaient des corps mutilés par les pieds et par les bras, puis les chargeaient dans des camions. Une demi-heure plus tard, une pompe à eau effaçait les dernières traces de ce bref combat.

Faisons le bilan : l'occupation s'effectua sans véritables difficultés. On ne saurait dire qu'elle prit Cédric au dépourvu. Depuis qu'à l'automne 1940 le voisin du Nord avait succombé à une semblable attaque non annoncée, cette issue lui apparaissait des plus certaines. Il était tout aussi certain que le pays ne pourrait compter sur aucune aide extérieure. Lors d'une conférence de presse, le premier lord de l'amirauté britannique l'avait énoncé sans détours, à sa manière cassante. Selon lui, les pays du Nord constituaient l'objectif le plus probable des prochaines opérations militaires. Si la Suède et la Norvège étaient protégées du fauve par une espèce de fosse remplie d'eau, si le Danemark avait des chances de s'en sortir grâce à quelques concessions territoriales, ce pays, « *this unfortunate country* », en revanche, se trouvait dans une situation très désavantagée, et il serait malaisé de lui venir en aide. « *That's why*, avait ajouté Churchill, *I would in any case not undertake to guarantee it.* »

Ainsi, à la longue liste de ses victoires, le Reich en ajouta une nouvelle. Au nom de quoi ? Du point de vue des notions abstraites et dépassant l'entendement humain — l'Histoire, la Nation, la Politique, ces avortons sinistres de la philosophie hégélienne –, tout cela avait probablement un sens. Du point de vue d'un être humain, l'affaire relevait de l'absurde. La répugnance et la tristesse que fit naître l'identification avec son pays enfant renversé d'un coup de poing par un bandit plongèrent Cédric non pas dans le désespoir, mais dans un état connu des malades mentaux : le sentiment d'irréalité. Comme s'il n'avait été jusqu'à présent qu'un spectateur, confortablement installé dans son fauteuil, fixant une scène où l'on représentait la pièce d'un écrivain d'avant-garde devenu fou : subitement, les comédiens descendent des tréteaux, un pistolet dans chaque main, et dévalisent le public. Or, incontestablement, le spectacle absurde dont le souffle naissait précisément de son invraisemblance totale, n'était pas une mystification, ni du délire, ni une fiction littéraire, mais la vraie réalité.

La journée de Cédric commençait à huit heures. Souvent, il se réveillait avant l'aube, puis s'assoupissait de nouveau, mais au-delà de l'heure réglementaire il ne s'accordait plus une minute au lit : dans son univers, comme dans celui de ses proches, l'esprit de rigueur et de simplicité protestantes régnait en maître. La douche, le massage, la toilette matinale devant un haut miroir dans son cadre en chêne d'une grande sobriété, tout cela s'accomplissait dans une solennité mélancolique, comme si le respect rigoureux du règlement constituait le but et le sens de l'existence. Ce code incluait même la douleur matinale à la nuque, causée par les dépôts d'urates et non par la contraction des vaisseaux comme le prétendait le Dr Carus. Après le petit déjeuner − qui à lui seul mériterait une étude spéciale, tant sa modestie raffinée était riche de profondes significations, médicales et chrétiennes −, Cédric passait dans son bureau où le secrétaire l'attendait avec un rapport, des documents à signer et autres besognes relatives à son activité principale. Entre midi et une heure, promenade à cheval. Après le déjeuner, Cédric partait pour la clinique. Ces derniers temps, il s'y attardait : le congrès de Reykjavik, fixé à la fin mai, avait été reporté en raison de la situation internationale ; Cédric espérait profiter de cet ajournement pour compléter ses résultats.

Le dîner réunissait autour de la longue table, sur des chaises au dossier haut comme le maître de maison, toute sa famille : son épouse, son fils cadet, Christian, la femme de ce dernier et les petits-enfants. (Selon la version officielle, le fils aîné se trouvait à l'étranger pour une cure de longue durée.) D'ordinaire, le Dr Carus faisait partie de la compagnie. Christian, le fils méprisé, était professeur de philosophie allemande classique, discipline qui — de l'avis de Cédric — s'effondrait actuellement d'une façon pitoyable, car on ne pouvait nier qu'un fil mince mais ininterrompu menait de Johannes Scheffler, cet *Angelus Silesius*, aux pitreries d'Alfred Rosenberg. Sans parler de Hegel que Cédric accusait de complaisance coupable vis-à-vis du triomphe « universel » de l'étatisme cannibale. Bref, dans cette salle à manger austère, au-dessus de son assiette de potage aux céréales, Christian — et nul autre que lui — portait *ex officio* la responsabilité de la dégénérescence de l'esprit germanique, des rêveries de Schiller qui avaient tourné en inepte révolution prolétarienne. D'ailleurs, Christian, tel qu'on le voyait, paraissait destiné au rôle de renégat, dont il avait le physique :

31

gros, placide, le visage large et efféminé, aimant les plaisirs simples, indulgent et maniable, naïf et égocentrique, dépourvu de « principes ». Sa compagne, créature terne et cachexique, descendait d'une famille princière allemande. On dînait tard ; en hiver, à cette heure de la journée, la salle à manger était déjà éclairée par des petites lampes en forme de bougie. Le repas terminé, Cédric rejoignait la bibliothèque pour écrire. Le soir, lecture pour les petits-enfants, une partie d'échecs avec le docteur et un peu de Haendel, son musicien favori. Ainsi se déroulait sa journée.

À vingt-trois heures trente pile, décharné, les cheveux blancs, Cédric disait sa prière et montait sur sa couche, haute et malcommode, à côté de celle d'Amalia. En plus de quarante années de vie conjugale, il n'avait jamais vu son épouse pudique et guindée en son entier, pour ainsi dire. À présent, c'était une minuscule vieille dame jaunie qui faisait la moitié de la taille de Cédric. Tous les deux couchaient dans la même position, sur le dos, et échangeaient quelques répliques brèves. Entre eux, les mots servaient de diapason ; vieux couple, ils avaient depuis longtemps appris à converser sans paroles. Sur les oreillers bouffants, hauts, la tête du vieil homme, sèche et étroite, reposait comme sur un lit mortuaire ; sous les paupières ridées, les yeux faisaient des bosses. Sur la table de chevet, à côté de la veilleuse, un verre, où l'on avait mélangé des *guttae regis Danorum* avec de l'eau minérale, en cas de fer-chaud. Pour Amalia, de la nitroglycérine. Au-dessus du lit, une branche de lède séchée destinée à chasser les mauvais rêves. Le son de l'horloge à la tour Saint-Cédric faisait surgir des visions des temps à jamais révolus. Cédric poussait un soupir et, à ses côtés, Amalia soupirait doucement. Des souvenirs longs, ramifiés, enchevêtrés comme des algues l'enveloppaient, et le roi Cédric X s'enfonçait dans le sommeil.

6

En une matinée l'ordre ancien, si familier, s'effondra. Cet effondrement qui ne se laissait pas oublier un seul instant accablait davantage que ne l'eût fait l'écroulement de l'ordre universel. Ainsi, l'homme qui contemple les flammes dévorant sa maison, impavide comme le stoïcien, ne parvient pas à retenir ses larmes à la vue d'une babiole calcinée. Ce royaume, n'était-ce pas sa maison, sa famille ? Pour Noël et le jour de son anniversaire, des inconnus lui envoyaient des cartes de vœux sentimentales ; lorsque, dix ans auparavant, un ulcère à l'estomac s'était déclaré, les parents exhortaient les enfants à être sages, puisqu'un malheur pareil avait frappé le pays. Des caricatures représentaient le roi, grand comme Gulliver et maigre comme Don Quichotte, debout sur une jambe, l'autre repliée faute de place, dans son minuscule royaume ; il ne lui manquait que l'armure du grand-père et la cuvette de barbier sur la tête. Certes, la monarchie n'était qu'une survivance aussi archaïque que les accessoires de chevalier de l'extravagant hidalgo ; lui-même n'avait jamais prétendu le contraire. Mais qu'y faire si, pour ses sujets, il incarnait l'État ? En chair et en os, il habitait le voisinage, on le voyait souvent ; la notion d'État revêtait pour eux — et c'est là que résidait son étonnant anachronisme — un sens intime, elle faisait partie de leur fortune commune et les concernait tous. À présent c'était fini. Le nouvel État qui les avait absorbés introduisit dans leur existence les lois du monde concentrationnaire ; le principe de sociabilité fut remplacé par celui de la soumission générale, inconditionnelle, à une abstraction creuse, dépourvue — comme on pouvait facilement le deviner — de tout contenu positif. La bannière de cet État affichait des mots tels que « classe ouvrière », « nation », « socialisme », mais sa véritable nature se révélait dans l'image qu'il brandissait comme un gonfalon sacré, car il s'incarnait également en un seul individu — et quel individu ! —, un spécimen qui semblait avoir été expressément choisi pour illustrer la déchéance ultime de l'humanité. À côté de lui — et quoi qu'on en dise, le destin les avait placés côte à côte —, Cédric éprouvait le sentiment d'être un monument inutile, un vieillard qui ne servait à rien, qui depuis longtemps aurait dû passer l'arme à gauche.

Ce découragement, auquel le roi avait cédé lors de la mémorable matinée d'avril, éclaire son étrange passivité face aux événements relatés.

Même par la suite, lorsqu'on le sollicitera pour des affaires urgentes, il se dérobera à l'action. Le monarque imitait-il son peuple ? Mais qu'y pouvait-il ? Depuis le matin, il se trouvait dans son bureau ; l'horloge de la tour avait sonné neuf heures et le cor de combat résonné dans la cour du château. Ses longues jambes croisées, moulées dans un pantalon noir, ses doigts longs et minces de chirurgien, aux ongles coupés court, tambourinaient sur le bord de son bureau ; le menton décharné, en proie à une colère froide, perçait l'air ; la pomme d'Adam roulait sous les plis de la peau. Il portait l'habit de cérémonie, arborait le ruban et l'Étoile de la Chevalerie ; une chaîne décorait son frac.

Il ne pouvait se résoudre à s'approcher de la fenêtre, il avalait la salive aigre qu'engendrait le fer-chaud et ses doigts s'acharnaient sur le bureau. À sa gauche, encadré dans une haute fenêtre, le secrétaire affichait l'expression de celui qui attend un coup de téléphone — si ce n'est la trompette du jugement dernier ; à sa droite, Amalia, soigneusement vêtue et coiffée, se perdait dans l'immensité d'un fauteuil.

Un seul bijou — mais fort coûteux — ornait la poitrine plate de la reine. Sans aucun doute, parmi les trois personnes présentes, elle s'occupait de la manière la plus digne : elle tricotait. La semaine précédente, Sa Majesté avait précisément terminé le soixante-quatorzième bandage pour son époux ; à l'heure actuelle, elle

36

œuvrait à un cache-nez de laine, article en tous points utile pour les temps difficiles qui s'annonçaient. Rien au monde n'aurait pu l'interrompre. Son travail recelait également un autre sens, plus élevé : le chignon d'Amalia, grisonnant et jaunâtre, ses mains enfantines attachées à leur besogne rayonnaient d'une foi spécifiquement féminine en la victoire ultime de la vie ; ils proclamaient l'espérance que — d'une façon ou d'une autre — tout s'arrangerait enfin, ils donnaient du courage. Pendant que, dans la cour, l'adolescent qui portait un nom imprononçable faisait le signe de croix et excitait son cheval avant la première et dernière bataille de sa vie, Amalia, les aiguilles à la main, se préparait à affronter l'ennemi sur le seuil de sa maison.

Or, celui dont l'honneur était en jeu, celui qui, malgré lui, envoyait à la mort cette armée miniature, demeurait figé, paralysé, fixait le vide d'un œil fiévreux et énigmatique. L'honneur ? Que voulait dire ce mot ? Semblable à certains phénomènes optiques, le sens en fuyait dès que la raison tentait de le cerner. L'honneur n'avait qu'une seule signification : le devoir envers soi-même. En quoi consistait-il ? Cédric était vieux, et le sang coulait sur la place. Il était vieux, eux jeunes. Le mieux serait de sortir pour implorer les Allemands d'épargner ses enfants insensés. Sortir sans arme, la tête blanchie, le nom du Christ sur les lèvres, comme l'avaient fait certains prêtres à l'arrivée des détachements punitifs dans les villages russes. Il ne le pouvait pas. En ce moment même, un de ses ancêtres, celui peint sur le mur de la salle de réception, l'en empêchait. Il s'imaginait sur la place : sous un soleil aveuglant, les hordes teutonnes vrombissaient dans le lointain ; monté sur son destrier, il entraînait sa garde.

Des coups de fusil antichar, atténués par la distance, parvinrent de l'extérieur. Un rayon doré éclaira le chignon d'Amalia ; les aiguilles d'acier, fébriles, voltigeaient entre ses doigts. Les pupilles du secrétaire, transformé en statue, lentement se dilataient. Un coup de canon partit.

Des pas résonnèrent dans l'antichambre : un colonel de sa suite pénétra dans la pièce et annonça que, sur la place, le combat était terminé.

Quelque chose allait se passer ; on allait forcer les portes, un bruit de bottes retentirait dans l'escalier : il entendait les mots d'ordre lancés par une voix rauque, le tintement des carreaux brisés... Mais tout resta calme. Des grains de poussière dansaient, chatoyaient dans les flots de lumière. Le temps semblait suspendu dans l'air comme cette poussière. Devant le château, les pelouses — un duvet d'un vert tendre — se déployaient au soleil, paisibles ; les barreaux de la grille, en forme de lance, flamboyaient, gais, insouciants ; l'espace d'un instant, un calme étrange descendit sur son âme. Paix sur terre et bienveillance pour les hommes.

Ne recevant pas de réponse, le colonel recula, sortit et referma sans bruit la porte sombre à deux battants. Cédric se leva, les yeux pleins de larmes. Honteux de cette faiblesse de vieillard, il baissa sa tête blanche et émaciée, comme un élève pris en faute. La situation prenait un tour cocasse : on avait oublié le roi. Il se sentait terriblement offensé, comme seul un enfant peut l'être. Dans ce château désert et probablement abandonné de tous, il n'était plus qu'une pièce de musée inutile. On n'avait même pas jugé bon de l'arrêter !

Lorsqu'il releva la tête, ses yeux brillaient d'un éclat dur, minéral. Un bruit léger se fit entendre dans l'antichambre ; Cédric devait le guetter : il se leva d'un bond. Les sourcils épilés de la reine frémirent ; les sourcils de zibeline, bien soignés, du secrétaire se haussèrent lentement. Cédric ouvrit grand la porte. La situation se précisa. Des individus armés de mitraillettes envahissaient l'antichambre. Cette brusque apparition évoquait un coup de théâtre, lorsqu'un jet de lumière éclaire les personnages sur une scène qu'on croyait vide.

Le roi éprouva un immense soulagement. Ils portaient tous des brassards : le signe de la tarentule que tout le monde connaissait grâce aux chroniques de l'actualité et aux photos dans la presse. Un individu aux bottes luisantes, un monocle enfoncé dans l'œil, avançait à sa rencontre.

Cédric se trompait : dans la soirée, les habitants du pays qui n'existait plus apprirent que leur souverain, sain et sauf, avait été placé en résidence surveillée — jusqu'à nouvel ordre des autorités d'occupation.

7

Ici, nous nous permettrons d'évoquer un épisode historique, la cérémonie qui se déroula dans la petite salle du trône. Non parce qu'elle joua un rôle quelconque dans les événements ultérieurs — car bientôt nul ne douta que les événements ne résultaient plus d'une décision librement consentie par des individus librement réunis, mais de l'arbitraire insondable des mystérieuses instances supérieures alors qu'on n'exigeait des hommes que l'empressement à exécuter les ordres —, mais parce qu'elle fut la dernière épreuve, l'ultime question que le destin posa au roi, et à laquelle il put répondre comme bon lui semblait. Nous avons déjà dit qu'il se déroba. Cela fut une réponse : qu'il le voulût ou non, Cédric avait répondu « oui ». Dès lors, on ne lui posa plus de questions.

L'appellation « salle du trône » ne doit pas induire en erreur. Depuis de nombreuses années, seuls les touristes et les écoliers s'y rendaient, parfois. Quelque temps auparavant, elle avait été louée par une société mondialement connue,

Skira, qui l'avait bourrée d'appareils d'éclairage. Une compagnie cinématographique lui succéda. Nos lecteurs ignorent peut-être que c'est dans cette salle que se trouve la célèbre mosaïque, grand monument de la Renaissance septentrionale. L'œuvre, datant du XVIe siècle, représente une scène de bataille : aux côtés de l'archange saint Michel, le roi saint Cédric se tient à la tête d'une armée victorieuse.

La procédure évoquée eut précisément pour pittoresque arrière-fond ce tableau. On apporta une longue table sur laquelle furent placés des cendriers et des bouteilles d'eau minérale ; on disposa des stylos et des feuilles de papier. Ces accessoires, si manifestement inutiles, soulignaient l'absurdité du rituel qui n'avait d'autre but que de donner une apparence de régularité aux convulsions de l'État assassiné. Le roi entra. Tout le monde se leva : une piteuse assemblée de vieillards sclérotiques, de dirigeants débiles souffrant du fer-chaud et de diabète. Les plis de graisse rose débordaient sur leurs cols empesés. La grande tenue du ministre de la Guerre éblouissait le regard, mais faut-il préciser combien cet étalage de croix et d'étoiles semblait déplacé ? Le roi Cédric jeta un coup d'œil sur l'assistance, et s'assit (ou plutôt, s'effondra) ; l'ambassadeur allemand s'assit aussitôt mais, s'apercevant que tout le monde restait debout, il se leva d'un bond presque involontaire, petit incident qui soulagea la compagnie. Cédric, pétrifié, promenait autour de lui un regard limpide, sans expression. Enfin, il articula : « Je vous en prie. » On s'assit. Cette fois, l'ambassadeur resta debout, le monocle étincelant. « Et vous, Monsieur », ajouta le roi en allemand.

Le Premier ministre — qui ressemblait à Mr Pickwick et qui, un an et demi auparavant, avait été opéré de la prostate par Sa Majesté à la clinique royale — lut, d'une voix que les pères nobles des jeunes filles déshonorées adoptent dans le théâtre classique, la déclaration du cabinet. En termes choisis le gouvernement protestait contre la violence subie, évoquait les institutions de droit international dont la tradition remontait à l'Empire romain et faisait allusion au pacte de non-agression conclu entre le pays et la république de Weimar. (L'ambassadeur haussa les épaules.) Cela n'était qu'un préambule lyrique. Le Premier ministre s'arrêta, but un verre d'eau minérale pour reprendre des forces, puis poursuivit son discours. Poussé par les circonstances, le gouvernement de Sa Majesté se trouve contraint de céder à la force et de considérer l'occupation comme un fait accompli. Il promet de se soumettre à la volonté du vainqueur. Les frontières seront fermées, les relations avec le monde extérieur coupées, la radio et la presse placées sous contrôle, etc.

À l'autre extrémité de la table, l'envoyé du Reich oyait ce discours boudeur, et son œil de verre brillait tel un phare. La timide revendication des garanties de l'ordre et de la justice — faite dans un allemand trop mou par l'orateur qui, parfois, retirait ses lunettes démodées et piquait du nez dans sa feuille — lui fit de nouveau hausser des épaules rembourrées. En haut du mur, le roi-chevalier aux yeux verts, l'épée en forme de croix levée vers le ciel, contemplait l'ambassadeur. Un autre souverain était assis sur son trône ; sa tête argentée, aux cheveux très courts, touchait les éperons du cavalier. Stoïque, droit comme un bambou, le menton retroussé dans une attitude de défi, le cristal de ses vieux yeux terni par la rage, Cédric supportait le flux insipide qui se déversait de la bouche arrondie de son Premier ministre. Des profondeurs de son estomac, une vague acide montait dans son gosier. Dans les milieux proches de la cour (et ailleurs), nul n'ignorait que depuis au moins quarante ans Sa Majesté souffrait d'hyperchlorhydrie.

Le cours des événements, pas plus que la trajectoire des astres, ne dépend de personne, bien sûr. Sommes-nous pour autant impuissants devant cet ultimatum perpétuel ? L'impuissance nous décharge de notre responsabilité, mais envers qui ? Envers les autres, mais nullement envers nous-mêmes. C'est ainsi que l'avait compris son cousin, le voisin du Nord.

Admettons que Spinoza a raison d'affirmer que la ténacité dont l'homme fait preuve pour défendre son existence est limitée et largement inférieure à la violence des circonstances extérieures ; admettons que vaincre une tempête est au-delà de nos forces. Pourtant, le choix du pavillon qu'arbore le navire qui sombre nous revient. Dans le choix des couleurs du drapeau réside notre entière liberté. Les pays scandinaves, on le sait, avaient maintenu leurs régimes historiques. Qu'avait donc fait le cousin du Nord ? Dans une situation identique, il avait déclaré que si son peuple acceptait les conditions de l'envahisseur, il abdiquerait. Quelle confiance en soi ! Quelle folle certitude que, dans le fracas et le grincement de l'invasion mécanisée, sa voix serait entendue ! Quelle croyance fanatique en l'idée que vous représentez – non ! qui vous tient en otage – ici-bas ! Le souverain est le symbole de la liberté. Mais la nation n'est pas constituée de rois. Quelles furent les conséquences de cette attitude pour son peuple, des femmes, des vieillards et des enfants sans défense ? Le pays fut écrasé.

Le représentant du Reich prit la parole et, avec une grâce toute diplomatique, les calvities roses, corollées de duvet blanc, de l'assemblée se tournèrent vers lui, comme si tout allait bien dans le meilleur des mondes ; comme si, dans le château d'Elseneur, le temps ne s'était pas désaxé, les drapeaux rouges ornés d'une tarentule ne surmontaient pas les façades et le sang des tués ne venait pas d'être rincé par des pompes à eau. L'ambassadeur, debout, le monocle étincelant, tenait sa feuille comme une cantatrice sa partition ; chacun écoutait avec respect. Oui, ils comprenaient l'importance historique du moment, ils considéraient de leur devoir de conserver leur impassibilité pour sauver les apparences. Ils appelaient cela « maîtrise de soi », mais en réalité, par soumission, ils tâchaient d'amadouer le fauve ; obséquieusement, ils quêtaient son regard, ils prêtaient complaisamment l'oreille à ses rugissements en prétendant entendre un langage humain ! Une vague d'une aigreur inouïe submergea Cédric : un feu invisible consumait ses intestins et son tube digestif. En homme bien élevé, d'un geste, le roi apaisa l'artiste — poursuivez, je reviens tout de suite — et glissa à pas de loup devant les sabots de la cavalerie très chrétienne ; l'ambassadeur lui lança un regard hargneux, puis haussa de nouveau la voix. Le roi quitta la salle en silence.

8

Nous n'oserons pas proposer au lecteur la solution de ce que, plus tard, on appela l'énigme du Reich ; cependant, comment résister à la tentation de jeter un œil sur un phénomène dont un élément, au moins, titille l'imagination ? Il s'agit de cette spécificité de l'État national-socialiste, de son atmosphère propre qui reproduisait d'une façon inattendue et originale l'univers d'un malade mental, ce sentiment de l'évanouissement du réel et de la présence de forces occultes, invisibles qui régissent ses pensées et ses actes.

Aujourd'hui, le Reich garde toujours son mystère ; sorti de l'Histoire, il fascine, attire comme un mirage, comme le regard du basilic. À l'époque, il apparaissait comme une mystification grandiose. Ses citoyens, du plus privilégié au plus démuni, des hauts fonctionnaires du parti aux moindres cireurs de bottes, semblaient participer à une conspiration universelle visant ce qu'il fallait dire ou ne pas dire ; tous donnaient l'impression d'être d'accord pour n'énoncer jamais que le mensonge, le Mensonge, le MENSONGE. Persuadés qu'ils étaient de la nécessité de cacher la vérité, convaincus qu'il ne fallait pas même tenter de la saisir, comme il faut éviter d'ouvrir le boîtier d'une montre pour découvrir son mécanisme, ils finirent par ignorer tout de cette vérité.

Le secret faisait partie de l'ordre. À l'instar de ceux qui n'ont qu'une notion extrêmement vague du fonctionnement d'un appareil téléphonique ou d'un fer à repasser, pour qui le fonctionnement de leur propre corps demeure à jamais un mystère, la majorité de la population du Reich n'avait pas la moindre idée de ce qui se passait dans le pays. Tout y était considéré comme secret d'État, enveloppé d'un mystère jalousement préservé, de la politique étrangère aux catastrophes naturelles en passant par le taux des divorces. Personne ne savait rien, personne n'avait le droit de savoir ; il convenait de se méfier de chacun, car nul n'échappait à la suspicion — et la population vivait dans la certitude d'être entourée d'une foule d'ennemis, extérieurs et intérieurs. L'ennemi, pensait-on, s'empare de la moindre parole imprudente pour la retourner contre le pays. Malgré les exterminations, le nombre des adversaires diminuait peu ; ils constituaient l'objet principal des préoccupations des instances du parti et de l'État ; il existait un véritable culte de l'ennemi. Pour démanteler les réseaux subversifs, une seule police secrète ne suffisait pas : cinq polices indépendantes et autant de services de contre-espionnage œuvraient sur le vaste territoire du Reich, chantiers prolifiques d'une industrie prometteuse. Les ennemis et les éléments hostiles composaient la véritable raison d'être d'une foule d'administrations, en sorte que, réelle ou imaginaire, l'opposition au régime devenait la condition de son existence.

L'essence mystique du Reich se manifestait par sa capacité à être gouverné par des lois dont on ignorait l'origine. Non pas les lois solennellement proclamées, inscrites dans des livres d'or ou gravées dans le marbre, pour lesquelles le peuple était censé remercier jour et nuit le parti et le gouvernement. Ces lois-là — à supposer qu'elles fussent en usage — ne reflétaient pas la vie du pays. L'activité des multiples organes exécutifs se fondait sur d'autres bases. La magie des ordres concrets, secrets pour la plupart — irrévocables comme la parole divine, bien que souvent contradictoires —, qu'on nommait « directives », consistait en ce qu'aussi haut qu'on remontât dans la hiérarchie, on ne trouvait nulle trace de ceux qui les avaient donnés. Il était impossible de rencontrer les législateurs, les inventeurs du régime ; les camarades du parti, quel que fût leur rang, ne faisaient qu'obéir aux ordres venus de sphères encore plus élevées : ils assumaient tous la même responsabilité ou — ce qui revient au même — nul n'était responsable de rien.

Le mystère suprême du Reich consistait en ce que tout entier, de la base jusqu'au sommet, l'ordre était imprégné de mythe. Plus exactement, il n'était lui-même qu'un mythe concrétisé, ésotérique et universel, au point d'embrasser tous les domaines de l'existence ; il offrait des réponses définitives à toutes les questions. Dans l'immense État surgi au cœur de l'Europe à la fin du premier tiers du XXe siècle, vivait une nation mythique dotée d'une mythologie tenant lieu d'histoire, munie d'une morale mythologique et d'un idéal qui l'était tout autant. Toutes les entreprises de l'État révélaient immanquablement sa nature illusoire, et pourtant le peuple prenait cela pour argent comptant. En fait, la vérité nue, si peu confortable, lui faisait peur, tandis que le mystère l'attirait et le réchauffait. Tel un aliéné mental, il ne se rendait pas compte de sa folie. Incontestablement, à en juger d'après les travaux de ses théoriciens, les œuvres de ses poètes, ses vies de saints, ses manuels scolaires, les logorrhées de ses chefs ou n'importe quelle autre sécrétion du génie national, le mythe du Reich — comme celui de tout État analogue — manifestait un caractère délirant. Cela lui conférait un attrait incomparable. Il évoluait selon les règles bien connues du délire, et il aurait été instructif d'étudier comment, après avoir dépassé le stade productif de la systématisation, il s'approcha du seuil où le délire pâlit et s'effrite : la phase de la désintégration de l'âme. Mais le Reich ne connut pas la mort de son mythe ; le régime n'eut pas le temps de se lasser de lui-même — et pour cette raison, peut-être, il conserve à jamais sa jeunesse. Les tambours grondèrent, l'oiseau phénix déploya ses ailes : poussé par l'irrésistible besoin de s'étendre, le Reich déclencha une guerre. Une propagande d'une insolence et d'une ampleur inouïes secoua ses tambourins, et le mythe, rafraîchi par l'orage, se ranima, haut en couleur.

9

« Boum ! Boum ! Boum ! »

La cloche de la tour sonna douze fois ; le mécanisme de l'énorme horloge se mit en branle et, d'une voix nasillarde et enrouée, entama l'hymne national : *Seigneur, sauvez notre roi, nous-mêmes et nos champs !*

Et nos maisons ! Et nos parterres de fleurs autour des petites fontaines ! Et nos comptes en banque ! Et la brume de nos mers ! Et nos ministres chauves ! Et nos…

S'ouvrit alors la grille en fer forgé, gardée de chaque côté par un lion assis sur son support (l'un d'eux avait été amputé d'une patte). La sentinelle se mit au garde-à-vous au passage d'un cavalier monté sur un cheval blanc dont la lignée remontait à la glorieuse Rossinante. Ses sabots, semblables aux bases ciselées des pièces d'échecs, claquèrent sur le pavé. Le roi béni de Dieu, habillé d'une culotte étroite aux fines bandes argentées et arborant l'uniforme azur de l'escadron disparu sans retour — dont il restait le chef honoraire —, entama sa promenade.

Ses sujets notèrent avec satisfaction la reprise de la coutume ancestrale. Dieu soit loué, le roi est à cheval ! La silhouette, familière depuis l'enfance, imprimée sur les timbres-poste, gravée sur les gâteaux au chocolat, partie intrinsèque de la vie quotidienne, telle la marque du fabricant sur un vieux chapeau, la chère image leur était rendue : le cliquetis net des sabots chassa la vision sinistre de l'occupant, des pots de chambre gris-vert, des uniformes gris souris et des drapeaux couleur carotte. Le roi est sur son cheval — tout va bien. Ils l'avaient appris dès l'école maternelle.

Cédric s'engagea dans la rue où, six mois auparavant, deux fillettes couraient s'abriter derrière une porte cochère. Une bruine tombait. La selle grinçait légèrement ; il déboucha sur le boulevard. Les passants souriaient. Au coin d'une rue, le grincement cessa : le descendant de Rossinante, sa queue magnifique ondulant au vent, caracolait sur ses jambes postérieures. Nul besoin de se retourner pour savoir ce qui se passait : le roi se penchait pour serrer la main du vieux conservateur de la bibliothèque universitaire qui l'attendait à l'endroit habituel. *The King's Hour* — une image d'anthologie ! Le cheval reprit son trot le long des rails étincelants du tramway, tandis qu'une conversation s'engageait entre le conservateur et un pot de chambre vert qui se trouvait à proximité. L'Allemand, étonné, considérait le cavalier qui s'éloignait.

— Pourquoi n'a-t-il pas de garde ?

Le réflexe interdisant de répondre aux sonorités de la langue teutonne, comme si nul dans ce pays n'avait jamais entendu un mot d'allemand, ne joua pas ; l'œil humide du vieil homme suivait la croupe blanche. Lorsqu'elle eut disparu derrière les érables du boulevard, il dit :

— Voyez-vous, monsieur…

Il s'arrêta, sortit de la poche de son pardessus élimé un mouchoir si grand qu'il pouvait servir de drapeau national, essuya les petites poches roses au-dessous de ses yeux et se moucha vigoureusement avant de terminer :

— Voyez-vous, à quoi bon une garde ?

— Comment ça, « à quoi bon » ?

— Il n'en a pas besoin.

— Pourquoi ?

— Parce que, voyez-vous, nous sommes tous ses gardes. S'il tombe, nous accourons et nous le relevons. Mais, Dieu merci, il a dix ans de plus que moi, et il n'est jamais tombé.

— Il ne s'agit pas de cela, fit l'Allemand, agacé. (Ce n'était pas la première fois qu'il relevait cette singulière idiotie chez les indigènes :) Pourquoi n'a-t-il pas d'escorte, pas de gardes du corps ?

— Excusez-moi, mais de qui faut-il le protéger ?

— Des ennemis.

— Ce serait un poids trop lourd pour notre budget, remarqua le bibliothécaire. (Puis, prenant son courage à deux mains, il leva vers son interlocuteur ses yeux décolorés :) Est-ce que votre... chef se promène parfois dans la rue ?

— Le Führer ne monte pas à cheval. C'est un moyen de locomotion dépassé.

— Mais très élégant, objecta le bibliothécaire.

— D'ailleurs, ajouta le soldat, le Führer n'a pas le temps.

— Oh, oui, s'empressa d'acquiescer le vieil homme. La voiture va plus vite. Mais voyez-vous, il faut savoir où on va.

À ces paroles, le casque ricana avant de déclarer que le guide de la nation allemande et de l'humanité progressiste tout entière sait fort bien où il va. Mais où va le roi ?

— Nulle part, répondit le bibliothécaire. (L'entretien prenait une tournure dangereuse.) C'est une tradition familiale. Son père et son grand-père se promenaient de la même façon.

La pluie devint plus violente ; il ne restait presque plus personne sur le boulevard.

— Dans vos propos, je perçois un manque de respect à l'égard du Führer. Qui êtes-vous ?

— Oh, non ! (Le vieillard eut peur.) Que dites-vous là, *mein Herr* ! J'éprouve à l'égard du Führer les sentiments les plus chaleureux. C'est un grand homme. Nous l'adorons tous.

— Je présume, l'interrompit le soldat, qu'il ne s'agit pas d'une hostilité préméditée, mais d'un manque de maturité politique. Je vous conseille d'y réfléchir.

— Entendu, *mein Herr*, répondit le vieil homme.

Pour plus de sécurité, il se découvrit. La pluie tombait de plus belle. Il consulta l'horloge : les aiguilles approchaient de treize heures, le royaume se mettait à table pour déjeuner. Il souleva de nouveau son chapeau.

— Au revoir, fit l'Allemand avec dédain.

Son casque resplendissait ; ses épaulettes aux rayures gris-bleu, imbibées d'eau, prenaient une couleur plus foncée.

— Non, attendez un instant. Pouvez-vous me montrer votre *Passierschein* ?

— Pardon ?

— Je veux dire votre laissez-passer. Un papier vous permettant de circuler dans la rue principale. Obligation de service, expliqua-t-il. Une simple formalité.

— Mais… Je n'ai pas de laissez-passer, balbutia le bibliothécaire. Je n'en ai jamais entendu parler.

— Ah, fit l'Allemand. Je suis étonné. (Il l'était véritablement.) Étonné et peiné. La rue qu'emprunte le chef de l'État est une artère gouvernementale. Je suis obligé de vous arrêter.

— Mais, monsieur, s'écria le bibliothécaire épouvanté, j'ai des pierres !

— Quelles pierres ?

— Des pierres biliaires. Le roi lui-même m'a soigné… J'ai une épouse. Monsieur l'officier ! Elle deviendra folle si je ne rentre pas.

Le soldat hocha son pot de chambre en signe de condoléances. Puis il retroussa le menton. Ils prirent le chemin de l'*Ortskommandantur*. Bien qu'il ne se souciât plus du mauvais temps, le bibliothécaire rasait les murs ; d'un pas martial, en claquant des talons, le soldat enjambait les torrents écumants que déversaient les gouttières.

10

La fortune se détourna de Cédric. Le combat tournait au désastre. Aux joyeux rugissements des cors d'harmonie de Judas Macchabée, les bannières noires se déployèrent ; les survivants de l'armée adverse, toujours redoutables, s'ébranlèrent. La reine, orgueilleuse, tel Pharaon debout sur son char, prit la tête des troupes offensives et s'engouffra dans les rangs de l'infanterie blanche encerclée, qui se défendait avec rage.

Les gardes du corps du roi tombèrent l'un après l'autre. On évacua les cadavres du champ de bataille ; vint le moment où le roi lui-même dut prendre les armes.

— Alors ?… murmura le Dr Carus, en faisant allusion à l'ultime chance de sauver l'honneur en acceptant un cessez-le-feu.

Le roi ne répondit pas et fit un bond sur le côté. Vaine tentative pour gagner du temps. De l'autre bout de la plaine fuligineuse, le cheval blanc galopa à son secours ; ses zigzags le menaient droit à la mort. On l'emporta à son tour.

Du haut de son corps maigre, Cédric, tel un dieu désolé, suivait du regard son double, ce roi qui, dans un coin de l'échiquier, se battait seul avec son épée, entouré d'un mur haletant de lansquenets... Dans ce combat inégal, ils ne faisaient pas particulièrement preuve de bravoure ; pourtant, l'un d'eux se faufilait jusqu'à la ligne fatidique. « Hosanna ! » s'exalta le chœur, et les salves de l'orchestre du Gewandhaus de Leipzig lui répondirent. L'éclaireur s'était transformé en maréchal : tout de blanc vêtu, la cape éclaboussée de sang, Cédric se détachait au cœur de la mêlée.

L'arme levée comme une croix, la garde vers le ciel, il couvrait de son corps les derniers carrés de son royaume.

— Alors ! s'écria le Dr Carus.

Aux accords finals d'un oratorio de Haendel, le roi, dernier combattant de son armée, se transperça avec son épée.

En silence, les joueurs se penchèrent sur son corps. Christian, qui avait suivi les événements depuis son fauteuil confortable, salua le défunt par une bordée de fumée.

(Nombre d'années plus tard, cette soirée d'octobre apparut à Christian — que la fin de la guerre trouva dans un camp de concentration de l'île Langeland — comme une vision lointaine et irréelle du bonheur ; sans raison apparente, sa mémoire l'avait extraite d'une série de soirées identiques, la lumière du lustre aux ampoules en forme de bougie auréolant la reine, silencieuse, comme enchantée, sur le fond des rideaux noirs ; il revit son père, pâle, émacié, ses rides verticales lui entaillant les joues, ce père qui ne l'aimait pas et se moquait de son métier, ce roi original, absorbé par sa médecine. Penché sur le jeu, il fixait les carrés vides, comme s'il rejouait la partie dans sa tête, puis, sans détacher son regard de l'échiquier, il loua la qualité de l'enregistrement.)

— Au fait, ajouta Cédric, il a été détruit, n'est-ce pas ?

Il parlait du conservatoire de Gewandhaus que, dans sa jeunesse, il avait fréquenté avec son oncle, le Kronprinz Hugo.

(Bien entendu, ni ce dernier, ni la tante Ottilia n'étaient plus en vie ; les cousines allemandes terminaient leurs jours dispersées à travers le monde.)

Son confrère Carus remarqua que les raids de l'aviation anglaise s'effectuaient depuis quelque temps avec une régularité qu'on ne pouvait qualifier que de « fatale ».

À cela le gros Christian rétorqua que, tout compte fait, le fatum n'était qu'une paraphrase métaphysique de la justice suprême. L'idée de fatum semble absurde mais, examinée de près, elle se révèle le fruit d'un rationalisme optimiste.

— Je n'ai pas bien compris, fit le roi qui remettait les pièces sur l'échiquier. Le professeur aurait-il l'amabilité de donner une définition exacte de cette notion ?

— Laquelle ?

— La justice suprême, *bien sûr**.

Christian posa son cigare sur le coin de la petite table, sortit de la poche de sa veste d'intérieur un *carnet** et en feuilleta les pages couvertes de pattes de mouche. Une écriture spécifique de ceux qui jouissent d'une excellente digestion et d'un regard sur l'univers que rien n'obscurcit. (Dix mois plus tard, le carnet lui sera confisqué, entre autres objets, au poste sanitaire, lors de la fouille où il devra également se déshabiller, se pencher en avant et écarter les fesses.)

Christian posa donc son cigare et gratifia son père, sa mère et le docteur d'un regard radieux :

— La voici. (Il lut :) « La justice et l'injustice ne dépendent pas uniquement de la nature des hommes, mais également de la nature divine. Or, le raisonnement de celui qui part de la nature divine n'est pas fondé sur des prémisses arbitraires, car !... (Christian leva le doigt.) Car la nature de Dieu repose toujours sur la raison. »

La reine comptait les mailles, le Dr Carus considérait l'échiquier de l'air d'un chef militaire.

— Pas mal, fit le roi. Qui a dit ça ?

* Les mots ou expressions suivis d'un astérisque sont en français dans le texte (N.d.t).

— Leibniz, répondit Christian, puis il croisa les jambes et rejeta la fumée avec majesté.

— Si c'est lui, remarqua Cédric, on peut l'excuser.

Le docteur opéra le premier mouvement : cette fois-ci il jouait avec les blancs.

— Eh bien, fit Cédric.

Un faible son de cor s'éleva dans le lointain. L'espace d'une seconde, le roi ferma les yeux. D'un geste lent, providentiel, il étendit sa dextre au-dessus de ses troupes. Aux sons du cor mêlés aux cris de guerre, les noirs se ruèrent sur l'ennemi.

11

En novembre, à l'occasion de la fête de l'indé-
pendance, le roi prononça son discours tradi-
tionnel à la radio. Force est d'avouer qu'il ne fut
pas, et de loin, le plus réussi. Tous ses sujets le
perçurent, mais qui aurait fait mieux à sa place ?
La radio était placée sous contrôle, ou plutôt,
pour être plus précis, elle tenait tout entière
entre les mains des autorités d'occupation : dans
un bureau mitoyen au studio, un technicien se
tenait prêt à interrompre la diffusion − pour des
raisons techniques −, alors qu'un quidam en
civil, assis à côté de Cédric, tournait les pages du
texte.

Le discours était consacré à l'incident sur-
venu à la gare. On n'insinue nullement, en le
mentionnant, qu'il exerçât la moindre influence
sur la situation internationale. Rien de ce qui se
passait dans le minuscule royaume − le lecteur
l'a compris dès le début − ne pouvait en aucune
façon modifier le cours universel des choses.
Cela vaut aussi bien pour les malentendus insi-
gnifiants, qui ternissaient parfois l'entente cor-

diale entre envahisseur et envahi, que pour l'infraction sans précédent aux règles établies dont nous parlerons plus tard. Ainsi, l'incident avait à peine été mentionné dans la presse, et le discours royal ne l'avait évoqué qu'en termes assez vagues. Il s'agissait d'une erreur. Quel besoin avait-on d'organiser une réunion publique ? À quoi bon une manifestation ? On n'avait qu'à rédiger le compte rendu du meeting, en inventer le déroulement et les interventions. Au lieu de cela, on avait respecté les traditions ridicules du pays dont la population était habituée à tout voir de ses propres yeux, où le Premier ministre se rendait au conseil en tramway, où le roi se promenait à cheval dans les rues, où le prestige de l'État était une notion inconnue. Et voilà le résultat ! Une manifestation en l'honneur de la compagnie des tirailleurs volontaires, recrutés au prix de gros efforts, devait avoir lieu, place de la Gare, à l'occasion de leur départ pour le front russe. Le ministre de la Guerre s'apprêtait à prononcer une allocution. Capotes flambant neuf, bérets plats comme des crêpes, ornés d'une cocarde aux couleurs nationales, bleu et vert, les soldats étaient alignés sur la chaussée, face au hall de départ ; le public se massait un peu à l'écart, sur le trottoir. Soudain, un mouvement ébranla la foule : d'après les témoins, la femme enceinte d'un volontaire avait eu des contractions. D'autres parlèrent d'un chien écrasé. Quoi qu'il en fût, le ministre n'eut pas le temps d'ouvrir la bouche, pas plus que le capitaine allemand, posté à ses côtés, de faire signe aux forces de l'ordre ; soudain la foule recula, le cordon de policiers — à vrai dire peu nombreux — fut bousculé et, dans les minutes qui suivirent, des inconnus, une trentaine de personnes environ, dans un mutisme total et en observant un semblant de discipline, molestèrent les recrues, salirent leurs uniformes et arrachèrent leurs crêpes cocardées ; cela fait, ils se volatilisèrent dans le silence. Sans s'attarder sur les détails — que les instances compétentes s'appliquaient à tirer au clair depuis plus d'une semaine —, le roi jugea nécessaire d'exhorter son peuple, et avant tout la jeunesse, à s'abstenir de toute action susceptible de compliquer les rapports avec les autorités occupantes.

Il y avait eu, par ailleurs, l'incident provoqué par un voyou âgé de huit ans et demi, un certain Henrik Cedricson. Le jeudi 9 novembre, il s'était approché de l'entrée de l'*Ortskommandantur*, avait craché sur le gardien et sali la boucle de son ceinturon. En plein jour, sous les regards des passants et des enfants qui rentraient de l'école, ce qui avait donné à l'incident une large publicité. Le roi appela parents et enseignants à consacrer davantage de temps à éradiquer les mauvaises manières chez les jeunes. L'enterrement se fit aux frais de l'État. Sa Majesté termina son discours par une prière au Seigneur de protéger son pays et son peuple.

Il faut avouer que le maintien de l'ordre dans la capitale, comme dans tout le pays, rencontra un obstacle imprévu : on ne parvenait pas à rendre opérationnel le système de surveillance qui fonctionnait sur le reste du territoire du Reich. On ne réussissait guère à convaincre la population de l'utilité, pourtant évidente, de la délation. Elle ne comprenait pas — ou faisait semblant de ne pas comprendre — ce qu'on attendait d'elle. Cependant, tout compte fait (et cela mérite d'être noté), l'occupation se révélait moins dure que prévu. Le vainqueur épargnait le pays, par respect de son impuissance manifeste, semblait-il. Il n'est pas exclu que l'appartenance de ce peuple à la race germanique, permettant de le considérer — toutes proportions gardées ! — comme aryen, ait également joué un rôle. Inutile de préciser qu'on avait instauré le couvre-feu, introduit les cartes de rationnement, le travail obligatoire, le système de passeports intérieurs et de permis de résidence, la « chope de victoire », les emprunts d'État obligatoires, l'interdiction de quitter le travail pour les ouvriers de l'industrie, l'interdiction de circuler librement à l'intérieur du royaume, l'interdiction inconditionnelle de se rendre à l'étranger, même pour rejoindre ses parents, ses enfants ou son conjoint. Les moindres velléités politiques avaient été supprimées : la censure veillait sur tout ce qui sortait de la presse, des annuaires téléphoniques jusqu'aux annonces de mariage des feuilles locales en passant par les romans, les tickets de tramways et les bons pour acheter le kérosène. Nul discours public, y compris les sermons, ne se passait de l'expression de la gratitude la plus profonde envers le Führer, le père des peuples et le meilleur des hommes. Le blocus anglais visant tous les territoires contrôlés par le Reich, n'avait, bien sûr, pas épargné le petit pays : faute d'essence, par exemple, des chevaux tiraient les bus. Il suffisait pourtant de faire la comparaison avec le voisin du Nord pour comprendre combien le destin s'était montré clément envers cette région patriarcale. La vie continuait, avec ses soucis, ses joies et ses chagrins, la météo était conforme à la norme : comme mille ans auparavant, la mer des Vikings s'enveloppait dans le brouillard, et dans la brume matinale les policiers transis, leurs cirés argentés par la gelée, se tenaient aux carrefours tels des spectres : les habitants se réveillaient derrière leurs rideaux noirs, dans leurs lits sanctifiés par une branche de lédon accrochée au mur au-dessus d'eux ; les femmes concevaient dans les étreintes indolentes qui précèdent le réveil — c'était une existence supportable, sans rafles nocturnes, sans prises d'otages, et même sans envoi de main-d'œuvre en Allemagne ; seuls des trains de marchandises, innombrables, transportaient des nourritures : le Reich avait besoin de saucisson, de margarine, de poisson congelé, de pommes de terre, de bacon... Le reste — les clochers des églises, les monuments aux grands flibustiers, les lambeaux de brouillard, le blason brodé avec les cheveux de la sirène, même le gardien d'opérette posté devant la grille du château — était considéré comme non comestible et n'attisait pas la gourmandise du vainqueur, affamé en permanence. Le pays ne comptait pas un seul camp de concentration, prétendait-on. Les enfants, sur le chemin de l'école, traînaient les vieux cartables de leurs pères bourrés de cahiers aux pages grises et fines. Les ménagères faisaient la queue sans se plaindre.

La veille de Noël, tandis que des messieurs respectables, coiffés de chapeaux melon, promenaient d'une maison à l'autre des effigies de la Vierge, des rois mages et de mulets fixées au bout d'une perche, le Führer fit le bonheur de la nation miniature en la qualifiant, dans le discours prononcé à Nuremberg et retransmis à la radio, de « protectorat exemplaire ». Les journaux se gonflèrent d'éditoriaux jubilatoires. Suivit alors un geste tout aussi significatif : un télégramme de vœux à l'occasion du soixante-dixième anniversaire du roi. Ce jour-là, une autorisation de décorer les rues d'étendards portant la lettre « C » et le chiffre romain « X » fut accordée. Cela, bien entendu, au milieu des drapeaux couleur carotte du vainqueur.

Le second semestre commença à l'université. Après une interruption de dix mois,

Cédric reprit son cours. Il poursuivit également son travail de synthèse portant sur les effets du traitement du cancer de la prostate ; mais le congrès de Reykjavik fut de nouveau ajourné.

12

Par une nuit de printemps, qui enveloppa l'Île d'un épais manteau de brouillard humide, le roi fit un rêve : la flamme de la veilleuse s'était éteinte et en se réveillant il tenta de deviner où il se trouvait ; quand ses yeux se furent habitués à l'obscurité, il aperçut deux fenêtres hautes qui se dessinaient sur le noir de sa chambre.

Le rêve s'annonçait énigmatique, mauvais, et apparemment dénué de fondement. Ce n'est pas que nous lui attribuons une quelconque valeur symbolique ; il n'exprimait probablement que l'inquiétude sourde, inavouée, des derniers mois, qui imprégnait l'air et pénétrait par fentes et cheminées en même temps que des bribes de brouillard — rien d'autre.

Cédric ouvrit les yeux : les rideaux de camou-flage étaient levés et deux rectangles parfaitement vides se découpaient dans l'obscurité. Il était impossible de distinguer quoi que ce fût, pas même les meubles. Une substance mouvante emprisonnait le lit, recouvrait le sol jusqu'à hauteur des fenêtres. Il l'analysa attentivement : les algues avaient envahi la pièce.

Fâché, attristé, il se leva, à tâtons trouva ses pantoufles (pleines de vase), et sans faire de bruit, se dirigea vers la porte en piétinant dans la mélasse verdâtre. Il rejoignit le salon, gagna la galerie sans réveiller personne, puis entreprit de descendre en s'agrippant à la rampe pour ne pas glisser. L'escalier, historique, était célèbre depuis le jour où Cédric IX, son grand-père, y avait trouvé la mort : un matin, au sortir de sa chambre, il s'était assis sur une marche et avait rendu l'âme. En bas, une surprise attendait le roi. Il traversait en pataugeant les appartements du rez-de-chaussée ; pour coiffer ses cheveux coupés en brosse, il se tourna vers un miroir : il n'y vit personne. De ce côté-ci, quelqu'un marchait en traînant des pantoufles ruisselantes, mais dans l'immensité terne des glaces, rien ne se reflétait ; elles demeuraient vides, inhabitées. Son indifférence face à ce constat fit comprendre à Cédric qu'il était mort, réellement mort, ou, comme on le dit des rois, qu'il « reposait en Dieu ». Étant donné son âge, cela n'avait rien d'extraordinaire.

Visiblement, nul n'était au courant. Cédric éprouva de la pitié pour Amalia et pour le budget de l'État qui aurait − par ces temps difficiles − à supporter une charge supplémentaire : un corbillard, des chevaux, etc. Mais ces formalités ne le concernaient plus ; l'autopsie lui semblait pourtant inévitable, ne serait-ce que par respect de la déontologie. Il devait se présenter à la dissection et, à son corps défendant, il s'achemina — en pantoufles et robe de chambre souillées de varech — vers la morgue, fâché de ne pas avoir eu le temps de se préparer à cette formalité peu plaisante mais indispensable.

Il gisait sur une table en marbre dans une salle aux murs carrelés, éclairée par la lumière égale de lampes invisibles. La pierre était très froide ; il voulut tirer la couverture qui avait dû glisser, mais se rappela qu'il n'y avait pas — qu'il ne pouvait y avoir — de couverture : il était allongé dans la salle de dissection de la clinique universitaire, si familière. Quelle chance qu'il n'y eût pas d'étudiants ! Il entendit les pas de l'assistant, le frou-frou de son tablier en toile cirée, le tintement des cuvettes émaillées. Des mains invisibles le soulevèrent par les aisselles et glissèrent un chevet de bois sous sa nuque. La porte s'ouvrit et M. Lyhne, le prosecteur, entra.

Ce ne fut que lorsque le préparateur apparut sur le seuil, encadré dans le chambranle, que Cédric comprit qui c'était : revêtu de l'habit blanc, les ailes empesées déployées comme des voiles, il tenait dans ses deux mains une épée longue et étincelante, semblable à une croix. L'ange de la mort s'approcha et d'un trait unique fendit le cadavre du menton jusqu'au pubis. Pendant l'examen, M. Lyhne marmottait. On ne percevait aucun mot ; probablement dictait-il ses conclusions. Dieu merci, on n'allait pas lui scier le crâne : le prosecteur ne pensait pas y trouver quoi que ce fût d'intéressant. Il dictait. Les yeux mi-clos, Cédric brûlait de curiosité et essayait de lire sur les lèvres : en vain. L'autopsie était terminée ; dans un instant, on allait l'emporter, il ne pourrait plus jamais faire valoir son raisonnement. Il mobilisa ses forces, essaya de se lever : il voulait s'expliquer avec le prosecteur, lui faire comprendre l'origine de l'erreur de diagnostic ; l'explication revêtait une importance capitale, mais déjà le prosecteur franchissait le seuil... Au prix d'un effort incroyable, Cédric remua les lèvres, mais sa langue était engourdie, l'air obstruait sa poitrine, ses mains n'obéissaient pas ; Lyhne s'en allait, Cédric se tendait vers lui... Un râle sourd, étouffé, jaillit de ses tréfonds, comme cela arrive dans les rêves ; son râle lui fit comprendre qu'il rêvait, et le roi se réveilla.

Baigné dans une sueur gluante, il entrevit la veilleuse allumée, avala un peu d'eau et retomba sur ses oreillers, vidé, exténué. Mais il ne lui fut pas donné de se rendormir ; il fallait se mettre en route, une brise soufflait, il faisait frais comme avant la pluie, il fallait se dépêcher. Un nuage épais, gris et violet, bouchait le ciel. Sur l'horizon, une lueur diffusait un peu de lumière : le soleil couchant ? Un incendie ? Un baluchon sur le dos, un bâton à la main, tristement, il suivait la route ; le vent apportait une odeur de bois calciné : des forêts brûlaient quelque part... Cédric s'aperçut que d'autres voyageurs

73

le dépassaient ; la route s'élargissait, une clôture apparut au loin, une porte la perçait en son milieu.

Une foule grouillante, chargée de sacs, de paniers, de valises entourées de ficelles, la prenait d'assaut ; les gardiens s'efforçaient de maintenir l'ordre à coups de crosses de fusil. Perché sur un mirador, un vigile contemplait la pagaille d'un air indifférent et battait la semelle pour se dégourdir les jambes ; il chantait, ouvrait et fermait la bouche plutôt, car les paroles de sa chanson se perdaient dans l'espace. Sans cesse, le verrou grinçait, et, l'un après l'autre, les hommes franchissaient la porte. L'attente s'annonçait longue. À l'entrée, on reconnaissait la silhouette haute et claire de saint Pierre.

Entraîné par le flot, Cédric avançait. Derrière, on le poussait. Devant, un gardien feuilletait une liste crasseuse. Cela durait, durait, durait. Son tour arriva enfin. Sans le presser, dédaigneux et patient, l'apôtre observait Cédric en train de défaire un baluchon qui rassemblait ses viscères : une mélasse affreuse et gluante. Un crachin tombait ; la foule devenait plus pressante, lui cachait la lumière. Les mains tremblantes, il extrayait un rein puis l'autre, puis son cœur, ses intestins, puis il présenta le foie, gros et visqueux… Le tout fort abîmé par M. Lyhne.

Saint Pierre effleura les organes du regard et grimaça. Sur un signe de sa main, Cédric les renfourna hâtivement dans sa besace. Accablé, il éprouvait le sentiment de celui qui n'a pas su plaire. Ou qui n'est pas en règle. Pourtant, il ignorait la nature de l'infraction. D'autres formalités l'attendaient. La foule, derrière, manifestait son impatience : il n'en finissait pas de ranger ses intérieurs. Gluants, ils lui salissaient les mains qu'il essuyait sur la toile du sac. Des imprécations jaillissaient. Personne ne songeait que chacun subirait le même sort. L'apôtre fronçait les sourcils : Cédric retardait la queue. Brusquement, une pétarade résonna, la foule s'écarta, et une grosse voiture noire, ceinturée par une escorte motorisée, s'arrêta devant la clôture.

Le visage de saint Pierre perdit son expression lointaine ; il se redressa, la mine empressée, non exempte d'affectation ; les gardiens, muets toujours, repoussèrent davantage la foule ; la porte s'ouvrit largement. Les militaires se figèrent au garde-à-vous. Mêlé à la foule, Cédric partageait ses émotions : compassion, curiosité, crainte pieuse. Le cercueil défila, en majesté ; des centaines de regards suivaient les dentelles du brocart glacé, la visière noire et vernie, au-dessus d'un gros nez en pied de marmite et de moustaches qui semblaient pousser dans les narines. Les moustaches étaient teintes. Cédric reconnut le personnage. Saisie d'une terreur sacrée, la foule le dévorait des yeux ; l'espace d'une seconde, elle éprouva du respect envers elle-même : si « Lui » aussi se trouvait là… La bière disparut ; les battants grincèrent, le verrou claqua. Les spectateurs retrouvèrent leurs esprits et se ruèrent sur la porte. Dans la confusion, ceux qui étaient devant se retrouvèrent derrière.

Du haut du mirador, un chant s'éleva, un hymne religieux probablement ; la queue avançait. L'apôtre avait du travail : vite, vite, chacun défaisait son sac, en produisait le contenu, puis disparaissait derrière la porte. On semblait avoir oublié Cédric.

— Qu'est-ce que c'est que ça ! grogna saint Pierre. (En se retournant, il lui lança :) Écartez-vous, pour l'amour de Dieu ! Vous me gênez.

— C'est de l'arbitraire, protesta Cédric, un raisonnement qui a pour point de départ la nature divine ne peut être fondé sur des prémisses arbitraires.

— Qui t'a dit ça ? rétorqua l'apôtre en lui tournant le dos.

La queue défilait.

— Je porterai plainte, s'obstinait Cédric.

— À qui ? fit une voix dédaigneuse.

— Au roi, répondit Cédric.

Il avait oublié qu'il était le roi. Heureusement, car on l'aurait tourné en ridicule ; une telle allusion risquait de lui valoir des coups. Soudain, une pensée lui traversa l'esprit et il demanda en désignant l'entrée :

— Et *lui* ? Pourquoi l'a-t-on laissé passer ?

— Lui c'est lui, grommela la voix.

— Mais c'est un… Réalisez-vous qui il est ? s'écria Cédric, désespéré.

— Chacun doit rester soi-même, fut la réponse. Toi, tu n'es ni chair ni poisson. (Ayant dit, l'apôtre

76

ordonna au gardien :) Emmenez-le. En résidence surveillée.

Les mots se coincèrent dans la gorge du roi ; on ne l'écoutait plus. La foule vociférante, haletante, poussait, poussait ; on entendit les cris de certains qu'on écrasait. De l'autre côté de la clôture, une flamme jaillit. Les planches de bois grincèrent... Il n'y avait plus d'issue, plus d'espoir.

Tel fut le rêve que le roi conta à Amalia, ce qui permet à l'auteur de la présente chronique de l'évoquer dans ces pages. Répétons-le, nous ne partageons pas l'avis de Sa Majesté (*cf.* ses *Mémoires*) selon lequel ce rêve étrange aurait exercé une influence quelconque sur son destin, ou modifié sa position politique. Il serait absurde de croire qu'un simple cauchemar déclencha chez un homme aussi sensé et réaliste que Cédric X une crise spirituelle. Cela dit, nous concevons que la mort du roi, survenue à peu près six mois plus tard, ait facilité rétrospectivement des rapprochements superstitieux. On le sait, le souverain fut fusillé après le verdict du tribunal qui suivit l'incident dont il sera question plus bas. La reine Amalia, qui passa un certain temps dans le Secteur E, bien connu, du camp de concentration pour femmes de Ravensbrück, est toujours en vie et se porte fort bien : elle va fêter ses quatre-vingt-quatorze ans. Une interprétation psychanalytique du rêve − si les spécialistes s'y intéressent — projetterait peut-être une lumière supplémentaire sur la personnalité de Cédric X ; quant à nous, nous l'avons mentionné uniquement pour donner une idée de l'inquiétude générale qui, certainement, perturbait le roi, même à l'époque relativement tranquille où rien ne semblait annoncer la tournure prochaine des événements.

13

Disons, pour résumer les propos qui précèdent, qu'au printemps 1942 la situation du pays
s'était à peu près stabilisée. La vie quotidienne,
mesurée, presque tranquille avait repris. L'absurde
possède une capacité à s'intégrer à la réalité, à y
acquérir une sorte de légitimité, de la même
façon que, dans la cervelle d'un fou, le délire et
les fantasmagories cohabitent avec un reste de
bon sens suffisant pour lui permettre de vivre
parmi les gens sains d'esprit. Les spécialistes
connaissent le phénomène curieux de la simu-
lation de la santé propre aux schizophrènes.
Cependant, par moments, une escapade inattendue trahit le malade en arrachant le voile qui
cache le cauchemar surréaliste de son âme. Les
ombres qui mènent la danse se révèlent être les
fruits du néant. Un froid glacial émane de ce
vide qui sert de fondation à l'édifice dangereu-
sement fragile de la raison, et on se sent attiré
par cette caverne habitée par des ombres…

Pour Cédric, l'étrange visiteur que son secrétaire lui annonça avec une gravité inquiétante

fut une de ces ombres, sortie du royaume de l'absurde. À cette heure-là, installé dans son bureau, comme d'habitude, il expédiait les affaires courantes. *Sidericus Rex*, traçait-il de son écriture archaïque, aux lettres aussi longues et minces que lui-même, presque des caractères d'imprimerie, en bas de documents qui n'avaient plus aucun sens ; il aurait tout aussi bien pu signer les feuilles volantes d'un calendrier. Mais nous avons précisé que les contours extérieurs de l'existence avaient, à cette époque d'accalmie, retrouvé leur netteté ; ainsi, après une inondation, les vieux meubles, abîmés, mais séchés à l'air libre, reprennent leur place, la vieille horloge, grinçante et branlante, marque à nouveau les heures, à partir de celle où elle a été surprise par la catastrophe ; le roi, quant à lui, écoutait chaque matin le rapport, signait les papiers, recevait les solliciteurs…

L'individu, au patronyme particulièrement neutre, à l'apparence si insignifiante que, cinq minutes après son départ, le roi ne se rappelait plus son visage, de nationalité indéfinissable — un Allemand naturalisé ou un compatriote qui aurait longtemps vécu à l'étranger —, allégua une affaire urgente, à la fois officielle et privée, et exigea une audience en tête-à-tête.

En sortant du cabinet royal, le secrétaire surprit dans l'antichambre des jeunes gens venus on ne sait d'où, vêtus de costumes d'une même coupe mais de teintes différentes, tels les timbres d'une même série. Des inconnus déambulaient dans le couloir, le personnel du château avait disparu ; impossible de retourner dans son propre bureau — le secrétaire de Sa Majesté eut la nette impression de l'intervention dans la réalité d'un élément surnaturel.

Pendant ce temps, un entretien curieux, très courtois, se déroulait à voix basse dans la pièce du monarque.

— Je vous en prie (Cédric désigna le fauteuil d'un geste). À quoi puis-je vous être utile ?

— Sire, le premier service que vous nous rendriez serait de garder le plus grand secret sur ce qui se dira ici. Ainsi que sur tout ce qui s'ensuivra.

— Qu'entendez-vous par là ?

Le roi leva les sourcils et rappela au visiteur qu'il n'avait que dix minutes à lui accorder.

— Oh ! Je comprends, Votre Majesté est débordée de travail.

— Oui, je suis occupé.

— Alors ?

— Quoi « alors » ?

Cédric ne comprenait pas.

Il répéta à M. Schultz que d'autres personnes attendaient dans l'antichambre. Aurait-il l'amabilité d'aller à l'essentiel ?

— N'ayez point d'inquiétude, sourit le visiteur en parodiant consciemment l'ancienne formule de politesse. J'ai renvoyé tout le monde.

— Comment ?

En guise de réponse, l'homme demanda avec nonchalance l'autorisation de fumer.

Une telle requête constituait une grave entorse à l'étiquette, inattendue de la part d'un hôte aussi bien élevé. Cédric remarqua bientôt une curieuse métamorphose : la scène sur laquelle évoluait l'acteur semblait soudain éclairée d'une manière nouvelle. La mise impeccable de M. Schultz, ses cheveux rares et ondulés, légèrement verdâtres, qui brillèrent d'un éclat mat quand leur propriétaire appuya sur la détente d'un minuscule pistolet en acier pour allumer sa cigarette — rien n'avait changé, et tout était différent : les yeux qu'il leva lentement appartenaient à un autre homme. Un gangster se tenait devant le roi, l'un de ceux qu'on voit dans les romans de gare, un gangster de service, pour ainsi dire. Tant mieux, ça facilitait les choses.

Ses longues jambes étirées sous la table, les mains croisées, Cédric attendait les suites de cette métamorphose.

— Alors, reprit Schultz, vous promettez de garder notre conversation secrète ?

— Cela dépendra du sujet.

— Le sujet, énonça solennellement Schultz, relève d'une affaire d'État particulièrement secrète.

— Hmm, voyez-vous, cette notion possède, en Allemagne, un sens particulier, différent de celui des autres nations. Dans mon pays, la coutume n'est pas de cacher au peuple les choses qui le regardent.

— Soit. Mais le secret médical est bien respecté dans votre pays ?

— Bien sûr. Mais qu'a-t-il à voir…

— Le problème qui préoccupe celui qui m'envoie a un caractère, disons… médical. Écoutez, monsieur le professeur, fit-il soudain en expédiant sa cigarette dans la corbeille à papier qui se trouvait dans un coin. (Cédric, curieux, suivit la trajectoire du regard.) Laissons là la diplomatie. Vous devez aider un malade.

— Pour ces questions, je vous prierai de vous adresser à la clinique. Je reçois les vendredis de quatorze heures jusqu'à…

Le roi tendit la main vers le bloc-notes, à la reliure estampillée du blason royal, pour noter le nom du patient.

M. Schultz sortit son pistolet, puis fourra une seconde cigarette entre ses lèvres, en faisant luire ses dents d'acier.

— Malheureusement… commença-t-il. (La détente claqua, mais le coup rata, faute d'essence, probablement.) Malheureusement, le malade ne peut pas venir jusqu'à la clinique. C'est pourquoi (nouveau coup de pistolet) ce sera à vous de lui rendre visite. D'ailleurs, celui qui m'envoie est prêt à faire la moitié du chemin. On peut fixer le rendez-vous quelque part près de la frontière.

— Qui est-ce donc ?

— Votre Majesté se plaît à me poser une question à laquelle je n'ai pas le droit de répondre. Tout ce que je puis dire, c'est qu'il s'agit de l'homme le plus haut placé, le plus grand, le plus génial de tous ceux que vous avez examinés en tant que médecin.

— Êtes-vous sûr que ce grand personnage a besoin de moi ? Je suis urologue.

— Exactement (le regard du visiteur se voila), c'est vous qu'il lui faut.

— Il y a pourtant des spécialistes en Allemagne…

— Oui. Mais ils n'ont pas été à la hauteur de leur tâche. Par ailleurs (il écarta les bras comme pour esquisser une révérence), la réputation de Votre Majesté… Croyez-moi (il baissa la voix), nous, les Allemands, nous savons apprécier les grands savants indépendamment de…

— De quoi ?

— Eh bien (le visiteur haussa les épaules), disons, de la situation internationale.

— Bon, fit le roi. Parlez-moi de la maladie. En gros, bien entendu.

— Certainement. Certainement, s'empressa Schultz. Sans aucun doute. Vous aurez le dossier complet. Le jour de l'examen.

— Bon, répéta Cédric.

Il pensa, à nouveau, que la providence lui posait une question à laquelle il était libre de répondre par la négative. Avec quel plaisir il montrerait la porte à ce freluquet et le jetterait au bas de l'escalier ! Le menton du roi, rasé de si près qu'il paraissait violet, se retroussa ; son regard se vida. À cet instant, il ressemblait à un fauve, vieux, osseux, indomptable, comme le lion de son blason.

Quelques secondes s'écoulèrent en silence. Le lion toussa.

— Cessez de fumer ! rugit-il.

Schultz coula un regard vers son interlocuteur, écrasa son mégot, murmura un « Excusezmoi ! » et se mit à fixer les carreaux de la fenêtre que le brouillard épais faisait paraître mats.

À une distance vertigineuse, on devinait la tour de l'horloge, qui planait au-dessus d'un abîme fuligineux, et la faible clarté du cadran doré.

— Ne faites pas le difficile. Comprenez, nous nous adressons à vous en tant que particulier. Je le répète, en tant que particulier.

Le roi se taisait. L'espace d'une minute — pas plus —, il éprouva le curieux sentiment qu'un lien s'établissait entre eux. Que, si le silence se prolongeait, le visiteur allait implorer sa miséricorde. Ce lien qui les unissait, c'était la peur.

M. Schultz marqua une pause, puis il se leva et déclara solennellement, en détachant chaque mot :

— Je remercie Votre Majesté. Au nom du gouvernement impérial, au nom de la direction de notre parti, au nom du peuple allemand, je vous prie d'agréer notre cordiale gratitude.

14

Le rendez-vous eut lieu dans la seconde moitié d'avril (selon certaines sources, à la fin du mois). Nous nous sentons d'autant moins le droit de le passer sous silence que l'historiographie occidentale ne le mentionne pas. Il suffira de dire que ni le célèbre ouvrage de J. Fest ni même la *Vie d'Adolf Hitler* en six volumes du Prof. Karl von Rubinstein n'y font allusion. Il paraît peu probable que les recherches menées dans les archives, ces dernières années, fournissent un quelconque renseignement supplémentaire sur le sujet. On peut supposer que de tels documents n'existent plus.

Donc, compte tenu de la rareté des informations, notre récit présenterait même un certain intérêt académique.

Nous avons déjà eu l'occasion de mentionner les *Mémoires* de Sa Majesté la reine. Ils semblent être l'unique source digne de foi évoquant le voyage du roi Cédric vers une villa de campagne isolée. D'un laconisme extrême, ce passage est alourdi de conjectures teintées de mysticisme nordique (Amalia parle d'une rencontre avec le « Prince des Ténèbres ») et vise sans doute à donner à l'entretien un sens particulier, mystérieux, annonciateur des événements ultérieurs. Il va de soi que nous ne pouvons nous engager dans de telles discussions. À l'évidence, l'entretien n'eut aucun caractère politique : le lecteur pourra en juger par lui-même. Il s'agit d'un épisode curieux et peu connu de l'histoire – voilà tout.

Il convient également de réfuter les rumeurs qui coururent pendant un certain temps, selon lesquelles le roi aurait profité de ce rendez-vous pour demander que certaines mesures à caractère répressif ne soient pas appliquées à son pays, et notamment pour protester contre la soi-disant « Opération Prophète Samuel » élaborée par la Quatrième Administration de la Direction Impériale de Sécurité au moins six mois plus tard. Nous retrouvons ici la vision rétrospective signalée à propos du rêve pascal du roi Cédric. Le caractère confidentiel de ce tête-à-tête en bannissait *ipso facto* tout sujet portant sur les affaires d'État. En effet, aucune question, en dehors de celles préalablement fixées, ne fut abordée. Les participants se comportèrent comme s'ils étaient aussi étrangers l'un que l'autre aux affaires politiques.

Et au-delà : les deux hommes faisaient semblant de ne pas savoir à qui ils avaient affaire. Si l'on peut se permettre une comparaison risquée, ils ressemblaient à des amants qui, la nuit, s'abandonnent à une passion dévorante et, le jour, discutent, calmes et impassibles, de choses indifférentes. D'un commun accord, ils fermaient les yeux sur l'atmosphère de mystère qui enveloppait leur rencontre, sur le fait que, à cent kilomètres alentour, la région avait été ratissée par des patrouilles, reniflée par des chiens, inspectée par les avions, que des troupes spéciales avaient été mises en état d'alerte au cas — proprement impensable — où quelqu'un aurait essayé de déranger leur solitude. Tout cela, et bien d'autres choses semblaient ne pas les concerner, comme s'ils n'avaient aucune idée de ces mesures extraordinaires. C'était un entretien entre un malade et son médecin — rien d'autre.

La brève notice parue dans la presse faisait état du départ du roi pour un repos de quelques jours au sein de la nature. C'était le cas, en effet. La villa Amalia, une minuscule bâtisse au toit pointu, s'élevait dans un cadre charmant, entourée de collines plantées de hêtres, à une trentaine de kilomètres de la frontière, au cœur de la région forestière peu peuplée qui s'étend au nord de la ligne Bremener Ochs-Lüneburg-Bad Bevensen.

Cédric fut mené à destination dans une voiture fermée, accompagné d'inconnus appelés « représentants ». L'un d'entre eux occupait le siège avant ; les deux autres étaient assis de chaque côté du médecin qui portait une tenue de voyage, très discrète.

Le malade arriva on ne sait d'où ni comment.

Il pénétra dans le petit salon transformé en cabinet médical ; un bureau, un paravent, une banquette, une tablette pour les instruments. Au centre se dressait une table d'examen, haute, munie d'étriers nickelés et étincelants.

Dévoré de curiosité (tout à fait déplacée), Cédric ne quittait pas la porte du regard : le patient tardait. Quand il entra, le médecin éprouva une déception parfaitement prévisible. Oui, parfaitement prévisible, car — et ce n'est pas la peine de l'expliquer au lecteur — celui qui pénétra dans le cabinet n'était qu'un corps, imparfait, comme toute chose ici-bas, alors que le grand démon qui l'habitait, le démon de la puissance et de l'omniscience, siégeait ailleurs, sur des hauteurs inaccessibles. De temps en temps, revêtu d'un uniforme, ce corps devait se montrer en public afin que l'humanité ne doutât point que le démon qui le gouvernait n'était pas un fantôme.

Épargnons-nous la peine de brosser le portrait de cette personne, on la suppose suffisamment connue, d'autant qu'il s'agit là d'un cas où — pour paraphraser l'adage antique — l'importance réside moins dans la chose elle-même (en l'occurrence la personne) que dans l'impression qu'elle produit. Celui qui arriva donnait l'impression d'être un imposteur. Mieux : un imposteur à la veille d'être démasqué. Ce visage — avec le grand nez en pied de marmite, parsemé de comédons, la petite moustache teinte (attribut célèbre faisant désormais partie de l'Histoire comme la lèvre des Habsbourg) qui semblait pousser directement dans les narines —, ce visage, dont la médiocrité même disposait en sa faveur, parut à Cédric à la fois familier et inconnu. Une vieille légende, depuis longtemps réfutée, surgit dans sa mémoire : le glorieux dictateur ne serait en réalité qu'un ensemble de sosies qui, à tour de rôle, agiraient en son nom : une sorte de pseudonyme collectif.

On ne pouvait le soupçonner d'affectation. L'image répandue de « comédien », d'« illusionniste » ne se justifia point, en tout cas pas dans cette villa isolée. Il s'agissait d'autre chose : l'impression de se trouver en face d'un ersatz, d'un substitut, s'imposait irrésistiblement. Rien dans sa physionomie ne cautionnait l'idée qu'on se fait d'un potentat démoniaque, d'un génie du mal.

Toutefois, si on tente de décrire objectivement le patient qui se présenta devant Cédric trônant près de la fenêtre, on dira un chef d'entreprise, un homme de terrain issu du peuple, non de ceux qui ont fait des études universitaires, mais de ceux qui ont trimé pour arriver, qui ont débuté comme simples comptables ; un praticien connaissant bien la vie et, certainement, fort inquiet de sa soudaine convocation devant les autorités pour quelque affaire délicate. Que cet homme fût subordonné, et à une hiérarchie très stricte, ne faisait aucun doute.

Tiré à quatre épingles, discrètement parfumé, il présentait un début de calvitie et des joues légèrement tremblantes — un individu tout juste effleuré par la vieillesse. Les lèvres formaient une moue à la fois affligée et prévenante, qui suivait la ligne de la moustache déjà mentionnée. Il portait un dossier sous son bras, comme s'il s'apprêtait à faire un rapport (il contenait les radioscopies et résultats des analyses). Après avoir fermé la porte, le malade — talons rapprochés, dossier sous le bras — s'inclina avec une discrète obséquiosité.

Ce faisant, il ne put s'empêcher d'inspecter rapidement les lieux. Il eut même le temps de couler un regard oblique sous le bureau, sur les pieds de Cédric. Les carreaux pare-balles de la fenêtre, opaques, ne furent pas oubliés.

Le médecin invita le malade à s'asseoir.

Naturellement, sans effort, ils endossèrent leurs rôles. Le patient s'approcha en remuant légèrement le postérieur : tout son être exprimait la crainte pieuse, la vénération du profane à l'égard d'une sommité médicale, mais également le respect d'un homme d'affaires à l'égard d'un de ses semblables. Il s'assit précautionneusement, posa le classeur sur ses genoux, se redressa timidement. Cédric, majestueux comme un juge, le scruta d'un regard austère sous ses sourcils broussailleux.

Le visiteur lui tendit le dossier. En le gratifiant d'un regard perçant, Cédric l'informa que, dans l'intérêt de l'affaire, il serait obligé de poser quelques questions... spéciales, relatives à sa vie intime. Grave et compréhensif, le malade consentit d'un signe de tête : les affaires sont les affaires. Il baissa son crâne dégarni, lisse et plat, et, d'une voix de circonstance, insinuante et affligée, conta l'histoire de son mal.

Pour n'omettre aucun détail, il se montra loquace, éloquent même. Son empressement respirait la bassesse, comme s'il se dénonçait lui-même.

Selon lui, la cause en était le fardeau de travail dont il s'était chargé avec abnégation. Comment faire, les temps sont rudes, on ne peut disposer de soi-même. Les obligations de sa fonction absorbent toutes ses énergies et lui interdisent la moindre vie privée, au sens le plus strict du terme, lui dénient le bonheur d'être un homme. Depuis plusieurs années, il ne connaît que des plaisirs dénaturés ; il désire les femmes, quoi de plus naturel à son âge, il est encore jeune. Hélas, il est incapable d'assouvir leur passion !

Il a du succès, il le sait. Des jeunes filles inconnues lui déclarent leur amour ; il reçoit des tas de lettres de l'étranger. Chaque jour, dans son courrier, son secrétaire découvre des dizaines de photos. Certaines ne sont pas mal… et pourtant…

D'un hochement de tête grave et apaisant, le docteur interrompit cette confession fleuve, feuilleta le dossier. Dans aucun document le martyr ne figurait sous son vrai nom. D'ailleurs, qui le connaissait ? Le dossier répertoriait les derniers progrès de la science médicale en un catalogue interminable d'analyses, diagnostics et traitements divers. Cédric admira la patience infinie du malade et sa foi inébranlable dans les vertus de la médecine. On avait fait appel à des grands pontes. Un nouveau médicament top secret, à base d'hormones, avait été élaboré par les laboratoires d'I.G. Farbenindustrie. On avait déployé des trésors de stimulation, incluant une ingénieuse psychothérapie cinématographique. Des partenaires particulièrement expérimentées avaient été mises à contribution.

Désespéré de ne pas trouver la guérison par les médecins, le patient s'était tourné vers les sciences occultes : il avait ainsi consulté Ichkhak II, le guérisseur et hypnotiseur célèbre de Tobrouk, versé dans les troubles psychosexuels. Sa consultation avait regonflé le courage de notre chef d'entreprise, mais son premier contact avec la charmante Marika Rökk aux cheveux flamboyants l'avait replongé dans une déception abyssale.

Cédric se leva. Son patient bondit et se mit au garde-à-vous en attendant les ordres. Son regard exprimait un dévouement absolu.

D'un geste majestueux de maître de maison, le médecin indiqua le paravent.

Pour appréhender les impressions ultérieures de Cédric, il faut préciser qu'il tâcha de bannir de son esprit l'idée même d'« impressions ». À partir de l'instant où il posa sa première question au patient, l'ensemble de ses réflexes professionnels se concentra sur la nature du mal, et ce ne fut que par une réflexion pour ainsi dire réitérative qu'il parvint à se former une idée d'ensemble de sa personnalité. Pendant dix minutes, l'organe du corps humain nommé *locus minoris resistentiae* avait entièrement remplacé son propriétaire. Pourtant, beaucoup de détails qui auraient pu étonner, voire épater un observateur non initié lui parurent désormais parfaitement intelligibles.

Bref, à partir d'un certain moment, Cédric ne s'étonna plus de rien.

Même le tatouage ne le fit pas ciller. Le chef d'entreprise se présenta devant lui en tricot de corps bleu ciel et chaussettes de soie ; sur un signe du médecin qui voulait procéder à un examen général, il souleva le tricot d'un geste pudique et soumis, pour découvrir une poitrine flasque embellie d'un dessin représentant un long poignard à manche recourbé et de l'inscription « Mort aux juifs », tatouée, bien entendu, dans la langue maternelle du propriétaire. Le tatouage confirmait l'hypothèse sur les origines démocratiques du chef d'entreprise. Sur l'avant-bras gauche on découvrait un cercueil et un cœur transpercé, surmontés d'une seconde devise : *Es gibt kein Glück im Leben.* (« Il n'y a pas de bonheur dans la vie. »)

Légèrement embarrassé, le malade murmura quelque chose sur les égarements de la jeunesse… À cet instant précis, l'examen fut interrompu. Sans raison apparente, le patient recula, ses pupilles se dilatèrent, ses mains serrèrent convulsivement ses parties génitales : « Halte !

Ne bougez pas ! » chuchota-t-il. Les oreilles bouchées par le stéthoscope, Cédric se retourna. Au prix d'un grand effort, il réussit à calmer le malade, sans pour autant avoir compris ce qu'il avait cru voir sous le bureau.

Comme l'aurait fait tout individu vieillissant et souffrant qui, de surcroît, manque d'exercice, le chef d'entreprise tendit une main tremblante au médecin, qui l'aida à grimper sur la table d'examen. L'absence de l'infirmière ne facilitait guère le processus.

L'examen terminé, Cédric laissa le patient se rhabiller derrière le paravent ; méditatif, il refeuilleta le dossier, vérifia les radiographies à l'aide d'un négatoscope. Enfin, il leva sur le malade son regard de vieil homme, terne et inexpressif. Celui-ci y lut sa condamnation.

Pour la première fois au cours de sa longue carrière, Cédric dérogea au devoir du médecin de ne jamais priver d'espoir un patient. N'étant pas expert en la matière, nous sommes incapables de porter un jugement compétent sur le diagnostic qu'il formula au sujet du mal dont souffrait le chef d'entreprise. Mais ce dernier n'est pas le héros de notre récit. Quant au portrait de Cédric, il ne souffrira d'aucune manière si nous omettons les détails finals de cette consultation remarquable. Se protégeant les yeux de la main, il informa le malade que le mal était inguérissable. Il laissa entendre que, en un sens, on pouvait considérer cela comme un châtiment divin. Le pronostic pourrait être plus optimiste si l'intéressé consentait à se démettre du fardeau de... hmm... ses responsabilités. S'abandonner à un repos bien mérité, pour ainsi dire. Mais même alors, un rétablissement complet demeurait peu probable.

15

« ... Ce peuple, déchiré par la louve, écrasé sous le talon des légionnaires, ce peuple qui a vu son temple s'écrouler et devenir poussière ; ce peuple, par trois fois condamné, rejeté par son propre Dieu, a subi également un effondrement spirituel sans précédent. Tel un homme relevant de maladie, il porte désormais en lui un grain de putréfaction, un virus de décomposition, car — comme disait le poète allemand — la malédiction du mal engendre elle-même le mal. »

Dans cet article de l'hebdomadaire philosophique *Der Bannerträger* reproduit par les quotidiens du matin, les lecteurs reconnurent sans peine le style flamboyant du célèbre penseur du Reich, Ulrich Lohe — qu'on appelait la « conscience du siècle » —, à l'époque général SS et directeur adjoint du Département des Recherches Théoriques au Service Principal de Sécurité.

« Cet effondrement, continuait Ulrich Lohe, était rendu inéluctable par les dix siècles de son histoire. Les fameuses Écritures — à la fois histoire de cette nation et credo par lequel (par le biais du Tout-Puissant) elle se proclame le peuple élu –, la peignent telle qu'elle est : un peuple élu de criminels, car il s'agit là d'une suite interminable de meurtres, de fraudes et d'incestes.

« N'importe quelle autre lecture alternative de la Bible l'accablerait tout autant, car même si ce peuple y avait inscrit les commandements du bien (comme l'affirment ses avocats), il a été le premier à les violer. La malédiction qui le frappe consiste, entre autres, en ce que tout parle contre lui : aussi bien les preuves d'accusation que leur réfutation. Qu'on prouve cela ou son contraire, ce peuple n'en reste pas moins coupable.

« Coupable du crime contre l'humanité pour avoir tué son messie Jésus-Christ mais également pour avoir fondé et propagé le christianisme. Coupable aussi bien du point de vue des chrétiens que de celui des athées. Souillé par le sang de l'Homme Dieu, il porte la responsabilité de l'avoir engendré tout autant que celle de sa non-existence, si cette non-existence est un jour démontrée. En fin de compte, la malédiction qui pèse sur lui consiste précisément en ce qu'il est coupable du fait même qu'il peuple la terre.

« Après sa déchéance, il s'est infiltré parmi les nations pour y semer des graines de déclin et de décomposition, entreprise qui aurait réussi si les peuples nordiques ne l'avaient déjouée à temps. Ils ont percé à jour ces étrangers, vifs, rusés, débrouillards, extraordinairement vivaces, prodigieusement prolifiques, bien que physiquement débiles, avec leur front fuyant et dégénéré, leurs yeux fureteurs, leur long nez crochu ; ces individus enclins à la schizophrénie, au diabète, aux maladies des pieds et à la syphilis. Les jeunes nations européennes ont pris des mesures : en moins de deux cents ans, entre le début du XIVe siècle et 1497, ce peuple a été chassé d'Allemagne, de France, d'Espagne et du Portugal.

« Pour une seconde fois, il fut alors possible de s'en débarrasser pour toujours, mais les nations n'ont pas profité de l'occasion. Grâce à leur débrouillardise congénitale, les juifs ont vite rattrapé le temps perdu. Avec une énergie formidable, ils se sont mis à nuire partout où ils le pouvaient, en militant pour le progrès bourgeois, pour la démocratie, tout en consolidant leur puissance financière. Ils ont mis la main sur le commerce et les crédits : avec une perfidie bien calculée, ils se sont infiltrés dans la médecine, ont instauré le monopole sur les métiers et gagné la confiance des grands par leurs conseils pernicieux. À qui, sinon aux ploutocrates juifs, faut-il demander les comptes des malheurs qui ont frappé l'Europe et le reste du monde durant ces derniers siècles ? Dans les ténèbres de leurs synagogues, ils célébraient leurs triomphes ; dans leur joie vengeresse, ils communiaient avec l'hostie préparée, comme cela a été démontré d'une façon irréfutable au XIIe siècle déjà, avec le sang des enfants innocents.

« Parmi les conséquences les plus néfastes du progrès bourgeois libéral, il faut compter les droits civiques accordés aux juifs d'abord en Amérique, ensuite en France lors de la Révolution bourgeoise que les juifs eux-mêmes avaient inspirée. Ce qui eut pour conséquence l'*enjuivement* radical des nations en question. Progressivement, partout en Europe, les juifs s'emparèrent des droits civiques, en sorte qu'au début de notre siècle, deux pays seulement conservaient le sain instinct de l'autodéfense : la Russie et la Roumanie, même si par ailleurs, cette dernière n'est pas irréprochable…

« Le résultat de tout cela fut une *assimilation apparente* des juifs. La capacité de se faire passer pour des gens ordinaires figure parmi les traits les plus dangereux du mimétisme judaïque. Cependant, la *substance* du peuple juif n'a pas changé. Ni dissoute ni modifiée, elle a conservé intacte sa force funeste, comme le montre l'exemple de la pseudo-révolution bolchevique dont les chefs principaux étaient, comme on le sait, tous des juifs.

« Aujourd'hui, les nations ont de nouveau une chance d'accomplir leur tâche historique et de secouer le joug juif. Les modalités de cette tâche ont pu être définies avec précision grâce aux découvertes de la génétique. La grande révolution national-socialiste de février a indiqué le chemin à suivre. La conscience révolutionnaire des nations, l'humanité progressiste tout entière ne peuvent plus supporter la domination du

capital ploutocratique juif, ni le complot international sioniste. *Prolétaires de tous les pays,
réunissez-vous pour la lutte contre la juiverie.*
Les peuples demandent d'en finir avec l'ennemi
juré du genre humain, le sionisme mondial. Les
peuples demandent d'en finir avec l'oppression.
"Samuel, va-t-en !" disent-ils avec fermeté.
"Rebecca, fais tes valises !" »

16

La nouvelle selon laquelle les autorités s'apprêtaient à lancer une opération sous le nom de code que nous avons mentionné dans un des chapitres précédents ne parvint pas au roi par la voie officielle. Il l'entendit à la clinique, au moment où, revêtu d'une blouse de calicot blanche, d'un pantalon de basin, d'un tablier en toile cirée, d'une calotte et d'un masque, penché au-dessus d'une cuvette fumante, il y plongeait ses mains longues et minces qui sentaient le chlorhydrate.

Il frottait ses doigts avec une boule de gaze, d'un mouvement mécanique, mais énergiquement, comme s'il voulait en arracher la peau, lorsque son oreille capta quelques bribes de phrases. Ennemi des conversations intempestives dans le bloc opératoire, il exigea aussitôt des explications.

Il apprit que le Commissariat impérial avait affiché en ville l'ordre enjoignant à une certaine catégorie de la population de se présenter à la *Kommandantur* locale afin de se faire enregistrer ; par la suite, il leur incombait de porter un signe distinctif sur la poitrine.

Cette mesure ne devait étonner personne, de même que nul ne pouvait se méprendre sur ses suites : sur tous les territoires contrôlés par le Reich, le programme visant à définitivement protéger les nations européennes du contact avec un élément incompatible et dangereux avait été, depuis quelque temps, mis en application.

Cédric ne dit rien, laissant entendre qu'il trouvait toute discussion déplacée. Du reste, ce n'était pas un sujet de débat. Il n'y avait pas de Juifs parmi le personnel de la clinique. Il se redressa (une douleur aux reins le fit grimacer), puis, à l'aide de gaze stérilisée, épongea minutieusement les plis de sa peau. Au bout des doigts, la chair était ridée comme celle d'une blanchisseuse. Il suivit le rituel sophistiqué, s'essuya d'abord l'extrémité des doigts, puis la base des ongles, les articulations, la paume ouverte comme celle d'une femme laissant sécher son vernis à ongles ; vinrent ensuite le dos de la main, et enfin les poignets, qu'il frotta précautionneusement après avoir plié le morceau de gaze. D'un dernier mouvement il effleura les avant-bras, du poignet jusqu'au coude, puis jeta le tissu dans le seau émaillé. Alors, tablier au vent, yeux mi-clos, le vieux roi se dirigea fièrement vers la porte en verre. Il transportait ses mains devant lui comme un trésor. La porte s'ouvrit à deux battants. La malade dormait, éclairée par une boule lumineuse.

L'anesthésiste attendait à son chevet. Le médecin responsable de la transfusion, suspendue à une potence étincelante, la brandissait comme une hallebarde. L'infirmière, voilée de gaze, se tenait derrière la table roulante. Les préparatifs évoquaient une messe. Cette solennité plaisait à Cédric.

Le stagiaire, un étranger, maniait énergiquement le porte-tampon : il badigeonnait d'iode le champ opératoire. Derrière ces personnes, derrière le dos du stagiaire, là où le mur, dans sa partie supérieure, devenait une vitre épaisse, on apercevait des têtes d'étudiants, immobiles, serrées les unes contre les autres.

Vint la cérémonie de la mise de la blouse : deux infirmières s'affairèrent. L'une lui attacha les ficelles dans le dos ; l'autre lui présenta les gants. En joignant l'extrémité de ses doigts, le roi immergea d'abord la dextre, puis la senestre. On lui tendit une boule arrosée d'alcool au bout d'une pince ; on ajusta les gants puis on les fixa aux poignets. On vérifia attentivement la bonne position de la calotte. Puis on l'inspecta une dernière fois, pour traquer les grains de poussière. Cédric se dirigea vers la table.

Il ne pensait à rien. Il ne songeait plus à l'océan d'absurdité au milieu duquel la salle d'opération blanche — où il était son propre maître, où la première place lui revenait de droit — semblait l'ultime îlot de bon sens et de calme.

Il se tourna vers les infirmières : elles enlevèrent le drap et placèrent la femme endormie dans la position requise. Les yeux bridés du stagiaire étranger suivaient Cédric : il vivait le grand moment de sa vie. Petit, il dut monter sur un escabeau. Il aida Cédric à recouvrir le beau corps nu d'un drap stérilisé muni, au centre, d'une ouverture carrée.

L'infirmière voilée de gaze approcha sa table roulante.

Penché en avant, incroyablement étiré — le tablier lui couvrait tout juste les hanches —, son visage émacié, au grand bec cartilagineux pointant au-dessus du masque, légèrement incliné, Cédric examinait le carré de peau que l'iode avait rendu olivâtre. La malade respirait profondément, régulièrement : on le devinait aux mouvements de la poitrine sous le drap. Les doigts agiles de Cédric parcouraient la surface du derme, y cherchaient leurs repères. L'assistant, muni d'un tampon et d'un clamp, retenait son souffle. Le roi lui lança quelques mots en français, leva le bistouri et traça lentement une longue courbe allant de l'aine jusqu'au milieu du ventre. Cette voie d'abord dite « d'Israël » lui ouvrait un accès facile au rein. Dans d'autres circonstances, nul n'aurait vu un présage dans cette dénomination.

17

Nous abordons ici l'épisode final de notre courte chronique des dernières années du roi Cédric X — épisode connu, qui sera donc relaté de la façon la plus succincte, sans digressions psychologiques —, et nous voudrions le faire précéder de quelques considérations relatives à la rationalité du comportement humain. Nous nous permettons d'attirer l'attention sur un sujet aussi abstrait pour mettre le lecteur en garde contre l'interprétation répandue selon laquelle le roi se serait hasardé à commettre cet acte — ou, comme on disait à l'époque, « en faire une belle » — après mûre réflexion, après avoir pesé le pour et le contre et prévu jusqu'aux conséquences sociopolitiques — du reste fort exagérées — de son action. Car, à l'époque, beaucoup considéraient le roi comme le rempart du bon sens, un modèle de conformisme avisé ayant adopté une ligne de conduite juste, évité les extrêmes et épargné le désastre à son peuple impuissant dans des circonstances complexes, sans ternir sa réputation. Aussi, lorsque ce vieux sage commit l'acte absurde, insolent, qui provoqua une perturbation inouïe de l'ordre public — et qui, finalement, lui coûta la vie —, les mêmes conclurent qu'un calcul devait se dissimuler derrière cette extravagance. D'après eux, Cédric avait agi selon un plan préétabli afin d'atteindre un objectif défini. Absolument pas. L'analyse des données disponibles permet d'affirmer que le geste royal était précisément tel qu'il serait apparu à un observateur impartial : absurde, dépourvu de sens, nullement fondé sur des prémisses raisonnables, uniquement dicté par le désir de défier le monde ou, pour reprendre la formule d'un personnage littéraire, « de n'en faire qu'à sa tête ».

Prévoir les résonances publiques de son incartade ? Ridicule ! Le roi avait simplement cédé à une lubie. Notons cependant qu'extérieurement cela ne se manifesta d'aucune manière (*cf.*, plus loin, la description des préparatifs accomplis avec la morne minutie propre à notre héros, comme s'il se préparait à aller chez le dentiste).

Il est vrai que les *Mémoires* de la reine, et d'autres sources également, font état de quelques menues modifications du rituel intervenues la veille de l'incident : on aurait noté, par exemple, que le roi était rentré de la clinique plus excité que de coutume. Sa bonne humeur aurait persisté au cours de la soirée. Au lieu de Haendel et de Buxtehude, il aurait écouté des airs de *La Grande-Duchesse de Gerolstein*, opérette d'Offenbach strictement interdite sur le territoire du Reich et chez ses satellites, et même des chansonnettes grivoises, que Sa Majesté aurait fredonnées de sa voix de fausset enrouée. Selon certaines informations, il aurait tenté d'entraîner sa belle-fille, d'origine allemande et qui ne cachait pas son admiration pour le Führer, dans un quadrille. Dans la nuit, Cédric aurait bu de grandes quantités d'eau minérale alcaline.

À ce propos, comment ne pas penser aux notations de la reine sur un trait de caractère qui s'est périodiquement manifesté chez les membres de la dynastie et qu'elle définit comme « un amour de l'insensé ». Ce penchant, affirme la mémorialiste, explique la conduite déroutante du commandant de la garde (jeune homme de vingt-trois ans et parent éloigné du roi), le premier jour de l'occupation, qui se solda — le lecteur s'en souvient — par la perte inutile de l'escadron et de son chef. Il permet également de comprendre le geste du prince héritier Cédric-Édouard, fils aîné du roi, qui avait quitté le pays, officiellement pour aller se soigner, en réalité pour s'engager dans la Royal Air Force. Inutile d'insister sur l'importance de ce trait chez le fameux « cousin du Nord », tant de fois évoqué dans ces pages.

Schématiquement, le comportement d'un être humain dans une situation critique peut être ramené à un des trois principes dont le plus respectable serait, du point de vue philosophique, le principe de non-action formulé il y a dix siècles par la sagesse taoïste. Toutefois, un réaliste, obligé de tenir compte des données empiriques, se sent davantage attiré par le principe de l'action raisonnée et raisonnable, fondée sur une analyse des circonstances objectives et finalement déterminée par ces dernières. Car on sait à l'avance qu'en se frappant la tête contre un mur, on ne fera pas tomber le mur. Cette thèse est connue sous une formule plus élégante de la liberté comme étant une « nécessité intériorisée ».

Le troisième principe est celui de l'acte absurde.

L'acte absurde occulte la réalité. À la place de « la » vérité recevable pour tous, il met en exergue « une » vérité qui ne vaut que pour un seul individu. Strictement parlant, cela signifie que celui qui décide d'agir selon « sa » vérité devient, en soi, une vérité. L'homme qui prend une décision absurde et qui passe à l'acte se met à la place de Dieu. Puisque Lui seul s'autorise à ignorer « la » réalité.

(Ce sont probablement des considérations de cet ordre qui expliquent la désapprobation manifeste avec laquelle les milieux ecclésiastiques accueillirent l'incartade de Cédric et ce qui s'était ensuivi.)

L'argument décisif contre la doctrine de l'acte absurde (si tant est qu'on puisse parler de doctrine) est sa parfaite inutilité. Après tout, nul n'ignore qu'en se frappant la tête contre le mur... etc. Et que ça se termine, généralement, par un crâne fracassé. La mort de Cédric ne modifia en rien l'issue de la guerre, qui relevait de facteurs tels que les lois historiques de l'évolution du Reich, la puissance réelle de ses adversaires… L'acte (le « coup ») du souverain n'améliora pas le sort de ceux dont il avait pris le parti, malgré la légende affirmant que, dans la confusion ainsi provoquée, on réussit à faire passer la frontière à certains, à en cacher d'autres. Cela démontre le caractère irréfléchi de sa démarche, l'absence de préméditation. L'exploit de Cédric, Don Quichotte moderne, ne porta aucun fruit. La folie que le roi, pour un temps, communiqua à une partie de ses sujets en est, peut-être, l'unique conséquence véritable. Ces remarques aideront le lecteur à mieux comprendre le mépris manifeste dont font preuve les biographes lorsqu'ils relatent le geste romantique et absurde qui met fin à l'existence longue et non dépourvue de mérites de Cédric X.

18

Le lendemain, la matinée douce et grise ne fut marquée par aucun événement, si ce n'est qu'aussitôt après avoir expédié les affaires courantes, le roi ordonna qu'on lui apportât cette… *chose*. Il en exigea même deux exemplaires. Le secrétaire, qui entendit la demande, se creusa la tête pour déchiffrer sa signification. Cédric passa dans les appartements de la reine (Amalia suivait ces préparatifs avec épouvante), ordonna à la femme de chambre de déposer le nécessaire sur un guéridon devant la glace, puis la renvoya. Chirurgien et ancien soldat, il savait manier l'aiguille et le fil. Cependant, il attachait de l'importance à ce que ce fût exécuté par Amalia. Il fallait se dépêcher : l'heure du roi approchait et Cédric ne se permettait pas une minute de retard.

Il avait eu le temps de se changer et d'endosser l'uniforme bleu-vert de la garde royale dont il était toujours le chef : il dut cependant retirer l'Étoile de Chevalerie, car, d'après les instructions, l'emblème hexagonal se portait également côté cœur, à gauche. Debout, le menton relevé, les mains sur la couture, il attendait patiemment pendant qu'Amalia, dont le chignon bouffant, d'un gris jaunâtre, atteignait à peine son aisselle, piquait son aiguille, cousait, puis coupait le fil avec ses dents, telle l'épouse du facteur ajustant un bouton sur l'uniforme de son mari avant de le laisser partir au travail. Ensemble, ils évoquaient un vieux couple de provinciaux. Suivant l'ordre du roi, elle en cousit une à sa robe. Une confusion, un quasi-affolement s'ébaucha lorsque la vieille dame dut se déshabiller en présence du roi. Le dé à coudre roula sous la table. Bref, le tout prit pas mal de temps.

Le marteleur, en haut de la tour, frappa la feuille de cuivre avec sa massette. Douze coups. Le vieux mécanisme grinça et d'une voix solennelle et nasillarde l'horloge entama l'hymne national. Le gardien, dans son costume datant du siècle de d'Artagnan, ouvrit respectueusement le portail. Long comme une perche, Cédric X avançait dans l'allée, tenant par le bras Amalia qui trottinait à ses côtés. Infraction inouïe aux traditions ! Le coursier du chevalier s'énervait et frappait en vain du sabot dans la pénombre fraîche de son écurie. Le roi était parti à pied.

Les passants se figèrent, ahuris : leur roi se promenait non pas à cheval, mais à pied et en compagnie de son épouse ; ils étaient particulièrement choqués par l'attribut surprenant et incongru qui ornait le vêtement du couple auguste. Avant de tourner au coin du boulevard, le couple croisa un homme de petite taille aux yeux de taupe ; il cheminait, marqué du même sceau. On essayait de ne pas le voir, comme on évite de regarder un estropié ou un individu au visage difforme ; mais d'autant plus fascinés, comme hypnotisés, tous les regards se fixaient sur la grosse étoile jaune hexagonale cousue sur l'uniforme de Cédric et sur celle, plus petite, sur la robe d'apparat de la reine.

Une vision hallucinante, un symbole fantastique du mal, cette étoile ! Impossible ni de croire à sa réalité ni, à la première seconde, d'en deviner le sens. D'aucuns pensèrent que le vieux roi avait perdu la boussole. Les instructions du commissaire impérial se détachaient en noir sur les supports des affiches de théâtre, sur les murs des immeubles. Fermer les yeux. Se détourner. Le couple continuait d'avancer...

Les parents s'éloignaient précipitamment avec leurs enfants.

Le téléphone, affolé, sonnait déjà dans le bureau de l'*Ortskommissar.* De là, la nouvelle incroyable s'élança plus loin, plus haut, vers les sphères mystiques du pouvoir. Comment devait-on réagir ?

À cet instant précis, le soleil apparut. Un faible rayon perça le coton gris des nuages et illumina les branches humides des tilleuls sur le boulevard. La chaussée resplendit. Le lecteur a peut-être remarqué que les phénomènes atmosphériques parviennent parfois à résoudre les plus compliqués des problèmes psychologiques.

Le monde apparut d'un coup aussi simple et gai que le spectacle de ces deux vieillards. Le roi soulevait sa casquette de plus en plus souvent pour répondre aux salutations ; Amalia inclinait la cloche de son chignon et esquissait un sourire gêné. Le roi cherchait des yeux le bibliothécaire. Mais il ne le vit pas.

Avec une galanterie de vieil homme, le monarque porta les doigts à sa visière pour répondre au salut d'une dame qui marchait très vite en tenant un enfant par la main. Deux étoiles jaunissaient leurs poitrines, ce qu'il fallait attribuer à une simple coïncidence ; selon la statistique, seuls mille cinq cents habitants de la capitale avaient droit à ce signe distinctif.

Cédric remarqua que les passants portant l'hexagramme devenaient plus nombreux. Il regarda à la dérobée Amalia qui trottinait à ses côtés ; trois petits pas de Sa Majesté pour un pas du roi. Elle pinça les lèvres, et une expression guindée se figea sur son visage. Il semblait que ces quinze cents personnes s'étaient mises d'accord pour venir à leur rencontre ; ces misérables, ces parias du genre humain quittaient leurs tanières et se montraient en plein jour ; ils envahissaient les rues de la capitale, ils y flânaient sans but, simplement pour montrer qu'ils étaient encore en vie ! Ils devenaient trop nombreux, décidément, leur nombre augmentait. Des habitants sortaient des immeubles, un morceau de tissu jaune fixé hâtivement sur un revers de veste ; des enfants accouraient de dessous la porte cochère, affichant des polygones découpés dans du carton et coloriés à la main qui ressemblaient vaguement à des étoiles ; certains arboraient des bouts de journaux peints en jaune. Au croisement de l'avenue Saint-André et du boulevard, un policier réglait le trafic, un bâton bariolé au bout du bras tendu. Il salua le roi : une étoile couleur canari se détachait sur sa veste bleu marine. Il faisait donc partie, lui aussi, de ces quinze cents ! La statistique devait avouer son échec, ou bien il fallait admettre que les sujets de Sa Majesté s'étaient attribué deux nationalités — ce qui, en fin de compte, signifie précisément le fiasco de la statistique.

La reine était épuisée par la marche ; le roi se sentait également fatigué, surtout parce qu'il devait contenir des émotions qu'il eût été bien embarrassé de définir ; en tout cas, depuis longtemps il n'avait rien éprouvé de semblable. Car ce fut un jour heureux, et nous allons conclure notre récit sur cette fin heureuse. Sur le chemin du retour, Cédric s'abstint de commentaires qu'il considérait ou prématurés ou trop tardifs. Il attira seulement l'attention d'Amalia sur le fait que les tilleuls, cette année, avaient perdu tôt leurs feuilles. Sans incident, ils franchirent le pont qui mène à l'Île et traversèrent la place du Château. Le mousquetaire ceint de l'épée, l'étoile jaune sur la poitrine, leur ouvrit en grand la lourde porte en fer forgé.

SOUS LE SIGNE DU ROI

par Elena Balzamo

— *L'Heure du roi ?...* C'est le plus beau morceau de prose russe de cette seconde moitié du siècle !

— Tu crois ?

— J'en suis sûr, fit mon interlocuteur avec toute l'assurance de ses dix-huit ans.

L'entretien avait lieu à la fin des années soixante-dix dans le couloir du neuvième étage du bâtiment des sciences humaines de l'Université de Moscou. La faculté des lettres occupait les neuvième et dixième étages ; au-dessus de nos têtes campaient les philosophes, au-dessous, les historiens. Le long couloir sur lequel donnaient les innombrables portes des petites salles était notre lieu de promenade habituel ; jour après jour, nous déambulions pendant les pauses — entre un cours magistral de matérialisme dialectique et un TD de phonétique anglaise — ou pendant les cours, si un professeur était absent. Nous parlions de littérature, échangions des impressions, récitions des vers. Les impressions que nous échangions étaient de provenances diverses : les ouvrages faisant partie de nos vastes programmes d'histoire littéraire, russe et étrangère, ainsi que les livres lus en dehors des cours, également russes et étrangers, qu'on trouvait dans des bibliothèques, achetait ou empruntait à des amis. La troisième source de nos connaissances littéraires était moins avouable, les samizdats, ouvrages imprimés à l'étranger et introduits clandestinement en U.R.S.S. où ils circulaient de façon illégale, pouvant entraîner au mieux l'expulsion de l'université, au pire une peine de prison, ainsi que des copies dactylographiées des œuvres interdites, moins commodes à lire – surtout quand on avait entre les mains un troisième ou un quatrième exemplaire, dit « exemplaire aveugle » – et tout aussi dangereuses. Quantitativement, le samizdat représentait une infime partie de nos lectures, ces livres-là étaient rares, difficiles à trouver, impliquant un tas de contraintes : non seulement il fallait être prudent, ne pas se faire attraper, ne pas compromettre le pourvoyeur de l'ouvrage, mais on devait également le lire très vite : souvent, un gros volume était là pour vingt-quatre heures, et s'il y avait, dans le foyer, plusieurs lecteurs, on lisait à tour de rôle, jour et nuit. Ces circonstances, toutes contraignantes qu'elles fussent, transformaient chaque lecture en une aventure palpitante, augmentaient l'impact de l'ouvrage, en faisaient une expérience inoubliable.

C'est comme cela que nous avons lu *L'Heure du roi*, mon ami et moi, probablement lui d'abord (nombre de samizdats circulaient dans sa famille), moi ensuite ; et à présent, nous échangions nos impressions, comme nous le faisions souvent, en nous récitant les poèmes de Brodsky, en discutant des théories de Zinoviev, en faisant l'exégèse de *1984* d'Orwell...

Son affirmation catégorique m'avait prise au dépourvu ; ne me reconnaissant pas le droit de désigner « le plus beau morceau de prose russe », j'étais pourtant d'accord sur le fond : ce petit roman m'avait énormément plu. Il m'avait plu par son côté achevé et compact, par les thèmes traités, par la façon dont ils étaient traités, par le ton de la narration – j'aurais été embarrassée d'en dire davantage. J'ignorais alors tout de l'homme qui l'avait écrit, excepté qu'il s'appelait Boris Khazanov. Je ne savais rien de sa vie mouvementée : la naissance à Leningrad en 1928, les études de lettres classiques à Moscou, les années passées au Goulag (de 1949 à 1955) pour « propagande antisoviétique », les études de médecine après sa libération, le travail de médecin (officiel) et celui d'écrivain (clandestin) dont toutes les œuvres étaient publiées à l'étranger (y compris *L'Heure du roi*, en 1976, dans une revue israélienne de langue russe : *Vremia i my*) et aucune dans son propre pays, circonstance qui plus tard, en 1982, allait contribuer à sa décision d'émigrer... Je ne savais rien de tout cela, ne connaissais de lui que cet unique roman. Bien que je n'aie pu le lire qu'une seule fois (le livre, dont – pour des raisons de sécurité et parce que la chaîne pouvait être très longue – on ne connaissait presque jamais le « propriétaire », disparaissait après lecture et il y avait peu de chances de le retrouver, le même exemplaire ou un autre), je m'en souvins très bien pendant des années ; une fois en Occident, je me dépêchai de m'en procurer un exemplaire. Cette seconde lecture ne m'a pas déçue.

Quelque temps après, je l'ai traduit en français, mais les aléas éditoriaux firent en sorte que cette traduction resta douze ans dans mes tiroirs. Un jour, plusieurs années et plusieurs générations d'ordinateurs plus tard, j'ai retrouvé le seul exemplaire imprimé ; la disquette de sauvegarde ne servait plus à rien : aucune machine n'était capable de convertir ce fichier, le logiciel n'existait plus. J'ai relu alors le petit roman, dont les caractères pâles et le papier jauni faisaient penser au samizdat dactylographié de mes années soviétiques, et, ma foi, j'ai trouvé qu'il n'avait pas pris une ride : il me plaisait toujours autant.

Mais désormais je me sentais plus à même de répondre à la question, pourquoi me plaisait-il ? Le recul aidant, je croyais discerner les traits qui faisaient de lui à la fois une œuvre représentative de ce qu'on appelle la « littérature contestataire russe » et un texte tout à fait à part.

Roman court, compact et bien agencé, d'une grande économie de moyens narratifs, il tranchait aussi bien sur les gigantesques fresques romanesques que sur la prose aquarelliste auxquelles nous avait habitués la littérature russe. On avait affaire à autre chose... un dessin ?... une gravure ? Ah, voilà : une miniature. Oui, une miniature médiévale : le même caractère clos, la même netteté de dessin, la même élégance de style. Mais également le même caractère anachronique et bigarré, la même confusion entre les époques et les pays – là-bas, des chausses et des pourpoints pour les personnages bibliques, ici, des références à des ouvrages historiographiques récents dans un récit allégorique atemporel, un mélange d'accessoires géographiques et historiques de provenances variées. Cette stylisation extrême, frôlant le maniérisme, se trouvait mise au service d'une problématique on ne peut plus actuelle et brûlante : le roman de Khazanov soulevait plusieurs thèmes qui non seulement ne pouvaient être traités dans la littérature soviétique de l'époque – ils ne pouvaient même pas être nommés.

Le thème juif, d'abord. C'était un tabou absolu, pour plusieurs raisons : à cause de l'antisémitisme d'État, virulent quoique jamais officiellement proclamé, soutenu par l'antisémitisme populaire qui, lui, ne se gênait pas pour s'exprimer, que ce soit dans les transports publics ou dans les queues pour acheter des produits alimentaires : les « sale youpin ! »

fusaient... À cause de l'émigration des Juifs soviétiques en Israël qui, malgré la réticence des autorités, se poursuivait pendant toutes ces années, avec les tensions qui en découlaient. À cause de la situation internationale, la guerre froide (suivie d'une détente guère plus chaude), fomentée, selon le dogme officiel, par l'alliance du sionisme et de l'impérialisme mondial, et ainsi de suite. Certes, on reconnaissait aux Juifs le « droit » à l'Holocauste, mais c'était une reconnaissance accordée du bout des lèvres, et, l'ayant évoqué, on s'empressait de changer de sujet. Bref, il était déconseillé de prononcer le mot « Juif » en U.R.S.S. et impensable de mettre une thématique juive au centre d'une œuvre littéraire. Rien que pour cette raison le roman de Khazanov n'avait aucune chance d'être publié dans son pays.

Ensuite, il y avait ce thème non moins suspect de dictature, de pays occupé, de régime totalitaire, le tout traité sur un mode satirique, avec des allusions parfaitement transparentes. Certes, il y était question de la dictature allemande, de l'occupation par le Reich d'un petit pays d'Europe du Nord (un mixte du Danemark et des Pays-Bas), mais on pouvait facilement trouver des exemples d'une telle occupation bien plus près dans le temps et dans l'espace. Comment ne pas penser aux « petits pays d'Europe du Nord » qu'étaient les pays Baltes, eux aussi occupés par le voisin aux dents longues – et qui le restaient toujours. Certes, le passage où la garde royale se fait massacrer par les troupes d'invasion était avant tout une évocation du fameux épisode de 1939, celui de la cavalerie polonaise chargeant les chars allemands, sabre au clair ; tout comme la sortie du monarque muni d'une étoile de David reprenait une autre anecdote célèbre de la Seconde Guerre mondiale. Mais point n'était besoin d'aller chercher si loin : dans les années 1970, le souvenir de l'écrasement du Printemps de Prague était encore tout frais…

Je tiens toujours pour l'action la plus héroïque – parce que la plus condamnée à l'avance, la plus désespérée – de la dissidence russe la manifestation à Moscou en août 1968 d'une demi-douzaine de personnes munies d'une pancarte « Pour votre liberté et pour la nôtre », dont elles savaient qu'elles n'auraient même pas le temps de la déployer avant de se faire arrêter. La très jeune Natalia Gorbanevskaïa, poète de son métier, poussant sur le pavé inégal de la place Rouge le landau contenant son petit garçon, qu'elle avait dû emmener n'ayant personne pour le garder, est à mes yeux une figure aussi emblématique que le majestueux monarque bravant les lois de l'Histoire imaginé par Khazanov. Un pareil geste, hors de l'époque, hors du réel, inutile et grotesque, remet néanmoins en place le temps décidément « out of joint ».

Nous voilà arrivés au problème central du roman : la valeur d'un geste, le sens (et le prix) d'une action. Le problème, tel qu'il est présenté par Boris Khazanov, peut être formulé ainsi : quel est le lien entre être libre et faire usage de cette liberté ? Il y a, semble vouloir dire l'auteur, des circonstances où la liberté intérieure ne peut continuer d'exister que si elle a pour corollaire l'exercice de cette liberté, sa traduction en action. Se sentir libre ne suffit pas, il faut agir en homme libre. C'est ce que fait le vieux roi en sortant du palais avec l'étoile amoureusement cousue par son épouse, c'est ce que font les militaires dans le roman et dans l'histoire, c'est ce que font Natalia Gorbanevskaïa et ses amis en août 1968. Et chaque fois, les conséquences pratiques de cet exercice de la liberté sont désastreuses : le roi précipite son pays dans la catastrophe, les jeunes héros se font anéantir, les dissidents russes sont tabassés par la police et arrêtés – dans tous les cas, un geste héroïque est à l'origine d'une répression encore plus féroce, d'une recrudescence de la violence.

Que faut-il donc penser de cet exercice de la liberté ? Pour les lecteurs soviétiques de Khazanov, qui lisaient en cachette *L'Heure du roi* pendant une journée ou une nuit sans sommeil, la question n'avait rien d'une spéculation théorique. L'action des dissidents avait-elle un sens ? Les persécutions dont eux-mêmes et leurs proches étaient victimes étaient-elles un prix acceptable pour le comportement dont les gains pratiques semblaient nuls ? La répression accrue qui en découlait ne pesait-elle pas plus lourd que les résultats douteux de leur action ? Les dissidents ne bénéficiaient pas de soutien inconditionnel même au sein des élites intellectuelles hostiles au régime, loin de là. Soulager sa conscience, fort bien, mais à quel prix, celui des malheurs d'autrui ? La question était là, brûlante.

La parabole du vieux roi, précipitant son pays dans le désastre pour les dix minutes de liberté qu'il s'accorde, est centrée sur cette question. C'est elle qui fait du livre un roman philosophique au lieu d'un simple pastiche, car sa portée dépasse les limites des seuls régimes totalitaires, même si ces derniers la portent à son paroxysme ; elle est inhérente à toute action sociale, à toute tentative de sortir de la sphère privée pour agir sur la place publique. Khazanov ne donne pas de réponse, il fait autre chose : en sublimant la question, en fournissant une représentation artistique du conflit, il remplace la réponse morale, impossible, par une réponse esthétique : la beauté du geste. Un geste dont la noblesse constitue la justification ultime et la raison d'être, un geste qui, en transcendant le réel, s'inscrit dans l'Histoire.

Cette postface terminée, j'écrivis une lettre à mon ami – devenu professeur à Oxford, il ne réside plus à Moscou – pour lui dire que, malgré ses dix-huit ans, il avait autrefois vu juste : nous tenons là un des plus beaux morceaux de prose russe de la seconde moitié du XXe siècle.

Chartres, septembre 2004

CET OUVRAGE
A ÉTÉ ACHEVÉ D'IMPRIMER
PAR L'IMPRIMERIE FLOCH
À MAYENNE EN AVRIL 2005

N° d'éd. 156. N° d'impr. 62803
D.L. mars 2005
(Imprimé en France)